KB267884

R U N N E R
런너

FUSION FANTASTIC STORY

임영기 장편 소설

런너 1

임영기 장편 소설

초판 1쇄 찍은 날 § 2012년 2월 24일
초판 1쇄 펴낸 날 § 2012년 3월 2일

지은이 § 임영기
펴낸이 § 서경석

편집부장 § 권태완
편집 § 주소영

펴낸곳 § 도서출판 청어람
등록번호 § 제1081-1-89호
등록일자 § 1999. 5. 31
어람번호 § 제1-1345호

주소 § 경기도 부천시 원미구 심곡2동 163-2 서경B/D 3F (우) 420—822
전화 § 032-656-4452 팩스 § 032-656-4453
http://www.chungeoram.com
E-mail § chungeoram@chungeoram.com

ⓒ 임영기, 2012

ISBN 978-89-251-2790-3 04810
ISBN 978-89-251-2789-7 (세트)

시공을 달리는 자

RUNNER

FUSION FANTASTIC STORY

임영기 장편 소설

런너

CONTENTS

제1장

동굴 속의 인연

RUNNER
런너

서기 668년 가을.

고구려(高句麗) 요동(遼東).

시리도록 푸른 하늘에는 간간이 흰 조각구름이 떠 있고, 상쾌한 산들바람이 대지를 쓰다듬고 있는 전형적인 요동의 가을 날씨가 며칠째 이어지고 있다.

발해만(渤海灣)으로 길게 뻗어 있는 요동반도의 중간쯤에 있는 정자산(頂子山).

"헉헉헉!"

한 사람이 울창하고 가파른 산비탈을 달려 올라가고 있었다.

조용한 산속에 그의 거친 숨소리가 울려 퍼졌다.

그는 온몸에 철갑(鐵甲)을 두르고 투구를 쓴 장수의 복장을 한 사내다.

투구의 이마 부위에 한 마리의 세 발 달린 금까마귀, 즉 삼족오(三足烏)가 부착되었으며, 갑옷의 견장 오른쪽에는 궁륭(穹窿)이, 왼쪽에는 북두칠성(北斗七星)을 상징하는 별모양이 달려 있고, 오른손에는 환두대도(環頭大刀)가 쥐어져 있다.

궁륭은 고구려 왕실의 상징이며 북두칠성은 고구려 민족이 숭상하는 별로 이런 견장은 고구려 최고 귀족 계층인 5부족(五部族)만이 사용할 수가 있다.

고구려에서, 특히 요동에서 이런 복장을 한 인물은 한 명밖에 없다.

바로 요동욕살(遼東褥薩)이다.

고구려는 전국의 지방을 5부(五部)로 분할하여 각 부에 행정과 군정을 총괄하는 최고 지방관인 욕살이라는 지위를 두고 있다.

욕살은 각 부의 최고 조직인 대성(大城)의 성주이며 그 아래 수십 개의 중성(中城)과 소성(小城)들을 거느리고 있다.

수많은 전투를 치른 요동욕살이지만 정자산에 오른 적은 한 번도 없었다.

철그럭, 철걱.

그가 움직일 때마다 투구와 철갑이 부딪치며 시끄러운 소리를 냈다.

"헉헉헉헉……!"

그는 산비탈 바위 옆에 잠시 멈추고는 서둘러서 투구와 철갑을 벗어 던졌다.

투구가 자꾸 흘러내려서 시야를 방해했고, 철갑은 무거운데다 시끄러워서 거추장스러웠다. 신발은 어디에서 벗겨졌는지 맨발에 온통 피투성이다.

투구를 벗자 땀에 흠뻑 젖은 그의 얼굴이 드러났다.

요동욕살이라는 지위에 어울리지 않게 꽤 젊은 청년이었다. 많아야 이십삼사 세 정도다.

부리부리한 눈에 짙은 눈썹, 우뚝한 콧날과 꾹 다문 입술, 검은 구레나룻, 약간 불거진 광대뼈는 그를 강퍅하게 보이도록 했다.

그는 전체적으로 매우 잘생긴 용모다. 하지만 그것보다는 강인하고 용맹하다는 느낌이 더 강하게 드는 모습이다.

그의 온몸 어디 한군데 성한 곳이 없다. 그는 전투 중에 자신이 당나라 군사, 즉 당군(唐軍)의 표적이라는 사실을 깨닫고 적들을 유인하기 위해서 자신이 이끌던 오골철갑기병(烏骨鐵甲騎兵)에서 혼자 떨어져 나왔다.

그리고 수하들에게는 끝까지 살아남아 오골성(烏骨城)에서 다시 만나자고 약속했다.

"헉헉헉……."

숨이 턱까지 차올랐고 심장이 터질 듯했지만 그는 멈추지 않고 계속 울창한 산속을 전진했다.

그의 오른손에는 피 묻은 환두대도가 쥐어져 있고, 상처에서 흐른 피가 지나는 곳마다 붉게 물들였다.

수십 군데 상처를 입은 곳에서 계속 피가 흐르고 있었다. 나무나 풀잎, 바닥에 흘린 핏자국을 따라서 당군들이 추격해 오겠지만 지금으로선 어떻게 해볼 도리가 없다.

그저 계속 달릴 뿐이다. 멈추는 순간 적의 집중 공격을 받게 될 것이다.

그는 만능일 정도로 모든 면에서 완벽한 용사지만, 달리는 것을 제일 잘 한다.

튼튼한 준마와 나란히 함께 달려도 나중에 준마가 먼저 지치고 말 정도다.

그리고 그는 달리다가 지쳐본 적이 없다. 아무리 먼 거리라고 해도 목적지에 도착하고 나면 약간 호흡이 거친 정도일 뿐이다.

그러나 그는 지금 많이 지쳤다. 온몸 수십 군데에 상처를 입은 상태이고 피를 너무 많이 흘렸기 때문이다. 당군의 추격으로부터 그를 지켜주고 있는 것은 튼튼한 두 다리와 심장이었다.

정자산의 동북쪽 끝에는 백두산이 있다. 그래서 그는 방향을 동북으로 잡고 달리는 중이다.

그는 오골성에서 함께 지내다가 당군에게 납치된 정혼녀 가연공주(佳蓮公主)가 국내성(國內城)으로 끌려갔을 것이라고 추측하고 있다. 숨이 붙어 있는 한 결코 그녀를 포기하지 않을 것이다.

백두산(白頭山) 쪽으로 이백 리쯤 가다가 방향을 북쪽으로 꺾어 다시 백오십 리쯤 가면 국내성이 나온다.

그곳에 도착하면 무슨 일이 있어도 가연공주를 구해낼 각오다. 그녀를 구하다가 죽을 수만 있다면 그것이야말로 장렬한 죽음이 될 것이다.

하지만 그런 그의 각오는 곧 물거품이 되고 말았다. 앞이 보이지 않을 정도로 울창한 숲을 뚫고 나간 그는 움찔하며 그 자리에서 멈춰야만 했다.

그곳은 평평한 평지였는데, 그 끝은 망망한 하늘뿐 아무것도 보이지 않았다. 그도 그럴 것이, 평지 끝은 낭떠러지였다. 그는 벼랑 끝에 몰린 것이다.

어떠한 상황에서도 절망이라는 것을 몰랐던 그이지만 지금은 절망감이 느껴졌다.

그는 혼자가 된 채 극심한 중상을 입었고, 산중에서 쫓기고 있으며, 앞에는 낭떠러지가 나타났다.

그는 낭떠러지 끝까지 달려가서 급히 아래를 내려다보았다.

휘이잉—

바닥이 내려다보이지 않는 아래쪽에서 거센 바람이 몰아쳐 와 그의 풀어헤쳐진 긴 머리카락과 갈가리 찢어진 옷자락을 찢을 듯이 펄럭였다.

그때 그의 뒤에서 풀숲과 나뭇가지 스치는 소리가 부산하게 들렸다. 급히 뒤돌아보니 숲에서 당군들이 우르르 쏟아져 나오고 있었다.

잠깐 사이에 당군 수백 명이 낭떠러지 위를 가득 메웠다. 공간만 더 있었다면 더 많은 당군이 숲에서 나왔을 것이다. 그들의 손에서 창과 칼이 번뜩였다.

그리고는 당군들이 천천히 요동욕살에게 다가오며 죄어왔다. 더 이상 물러설 곳이 없는 그는 눈을 부릅뜨고 성난 표정으로 당군들을 쏘아보았다.

그리고 마지막 숨이 끊어지는 순간까지 당군들과 싸우겠노라고 다짐했다.

후두둑.

그는 왼손으로 옆구리를 움켜잡듯이 누르고 있는데 손가

락 사이로 새빨간 피가 새어 나와 바닥에 마구 떨어졌다. 자세히 살펴보지는 않았지만 옆구리에 길고도 깊게 베인 상처가 가장 심각한 것 같았다.

모르긴 해도 왼손을 뗀다면 옆구리 상처에서 내장과 피가 한꺼번에 쏟아져 나올 것이다.

그러므로 불편하더라도 왼손으로 옆구리를 움켜잡은 상태에서 싸울 수밖에 없다.

저벅저벅.

펼쳐진 부채꼴로 전방과 좌우에서 당군들이 더욱 가까이 다가들었다. 그들은 흡사 피 냄새를 맡고 몰려드는 승냥이들 같았다.

'뛰어내려라.'

그런데 그때 갑자기 요동욕살의 등 뒤에서 어떤 또렷한 목소리가 들렸다.

그는 재빨리 뒤를 돌아보고는 다시 앞을 쳐다보았다. 뒤에는 아무도 없었다. 그가 벼랑 끝에 서 있는데 누군가 서 있을 공간이 있을 턱이 없다. 또한 당군들은 그 목소리를 듣지 못한 것 같았다.

하지만 방금 그는 등 뒤에서 누군가의 목소리를 분명히 들었다.

'죽지 않으려면 뛰어내려라.'

그런데 그때 똑같은 목소리가 다시 들려왔다. 그리고 이번에도 같은 내용인데 '죽지 않으려면' 이라는 말이 포함되었다.

쉬이익! 쌔액!

그 순간 가까이 접근한 당군들이 일제히 공격을 개시했다. 수십 자루의 칼과 창이 한꺼번에 요동욕살의 온몸으로 쏟아져 왔다.

그는 누군지 알지 못하는 자의 목소리에 신경 쓰느라 당군들의 공격에 미처 대비하지 못하고 있었다.

그러므로 지금의 그에게는 달리 선택의 여지가 없다. 가만히 있다가는 적들의 창칼에 온몸이 고슴도치처럼 찔리고 베어 죽음을 당하고 말 것이다.

등 뒤에서 뛰어내리라고 말한 것이 환청이든가 아니면 저승사자의 유혹이었다고 해도 이제는 뛰어내리는 것밖에는 방법이 없는 상황이다.

휙!

창칼이 소나기처럼 쏟아져 올 때 그는 재빨리 몸을 돌리면서 벼랑 위 허공으로 몸을 날렸다.

몸이 허공중에 정지한 것은 순간일 뿐이고, 그다음에는 쏜살같이 벼랑 아래로 추락하기 시작했다.

그때 그의 뇌리를 스치는 생각이 있었다. 설혹 그가 두 번

씩이나 들었던 그 목소리가 사실이 아닌 환청이었다고 하더라도 벼랑 아래로 몸을 던진 행동을 후회하지는 않을 것이라는 생각이다.

당군들에게 죽임을 당하지 않아서 다행이고, 잠시라도 하늘을 나는 상쾌한 기분을 느낄 수 있어서 좋을 것이며, 정혼녀 가연공주를 잃고 또 조국이 멸망한 상황에 구차하게 목숨을 연명하지 않으므로 나쁘지 않은 결정이다.

파라라라락!

옷자락이 세차게 휘날리고, 거센 바람 소리가 귓가를 때렸다.

요동욕살은 눈을 감지 않았다. 그는 두려움을 모른다. 죽음 앞에서도 두려워서 눈을 감는 짓 따윈 하지 않는다.

그는 지금껏 살아오면서 단 한 차례 두려움을 느꼈던 적이 있다.

삼 년 전에 부친이 죽었을 때디. 그는 오골성에서 부친의 부고(訃告)를 전해 듣고는 하늘이 무너지는 슬픔과 두려움을 동시에 맛보았었다.

부친을 잃은 슬픔과 부친의 죽음으로 인해서 고구려의 운명이 잘못될지도 모른다는 두려움 때문이었다.

그의 아버지는 고구려의 최고 실권자 대막리지(大莫離支) 연개소문(淵蓋蘇文)이었다.

그런데 추락하던 요동욕살의 몸이 갑자기 뚝 멈췄다.

몸이 벼랑 아래 바닥에 닿은 것이 아니다. 그냥 허공중에 멈춘 것이다.

그렇다고 무엇에 충돌한 느낌도 없다. 아무런 느낌도 없이 처음부터 그곳에 있었던 것 같은 기분이 들었다.

급히 위를 쳐다보자 이십여 장(약 66m) 높이 벼랑 끝에 당군들이 모여서 아래를 내려다보고 있는 모습이 보였다. 그들 중에 몇 명은 그를 향해서 창을 던지거나 화살을 쏘아대고 있었다.

슉―

그런데 그때 정지해 있던 요동욕살의 몸이 절벽 쪽으로 빠르게 쏘아갔다. 아니, 끌려갔다.

하지만 그는 절벽에 충돌하지 않았다. 절벽에는 하나의 큼직한 동굴이 움푹 파여 있는데 그 속으로 빨려 들어갔다.

두 눈을 똑바로 뜨고 있는 요동욕살은 동굴 안쪽에 한 사람이 바깥쪽을 향해 가부좌의 자세로 앉아서 한 손을 뻗었다가 구부리는 자세를 취하고 있는 것을 발견했다.

요동욕살은 그 신비한 사람의 반 장(약 1.6m) 앞에 뚝 멈추었다가 그 사람이 손을 아래로 향하자 손짓에 따라서 바닥에 스르르 앉혀졌다.

요동욕살은 그 순간 한꺼번에 여러 가지 사실을 깨닫고 또 의문이 생기면서 눈을 크게 떴다.

그는 자신이 벼랑 위에 있을 때 뛰어내리라고 말한 사람이 반 장 앞에 앉아 있는 이 사람일 것이라고 추측했다.

또한 벼랑 아래로 추락하고 있는 자신을 동굴 안으로 끌어들인 사람도 그일 것이라고 짐작했다.

그런데 이런 동굴 속에 앉아서 벼랑 위에 있는 사람에게 어떻게 말을 전할 수 있으며, 쏜살같이 추락하고 있는 사람을 멈추게도 하고 또 동굴 안으로 끌어당길 수가 있는 것인지 터럭만큼도 이해가 되지 않았다.

요동욕살은 눈을 껌뻑거리면서 그자를 똑바로 주시하며 살펴보았다.

그런데 그자는 생김새와 복장이 괴이하고 특이했다. 머리카락은 짧았으며 눈이 매우 크고 반질반질한 검은색이었다. 그런데 눈꺼풀도 눈썹도 없는 이상한 모습이었다. 마치 그것은 눈이 아니라 검고 얇은 두 개의 유리 같은 것을 코 위에 걸치고 있는 것처럼 보였다.

그런데 두 개의 검은 유리 같은 것 속에서 사람의 눈이 도사리고 있는 모습이 흐릿하게 보였다.

그 외의 얼굴 모습으로 봤을 때는 삼십대 중반쯤의 나이인 듯했다.

그리고 코밑과 입 주위에 거뭇거뭇하게 수염이 자란 것으로 미루어 남자인 것 같았다.

그런데 입고 있는 복장이 요동욕살로서는 생전 처음 보는 것이었다.

비단처럼 매끄러운 옷감인 것 같으면서도 꽤 두꺼웠다. 그리고 어깨와 팔 부분은 붉은색이며 다른 부분은 염소 젖 같은 부연 흰색 계통이다.

그리고 가슴에 이상한 꼬부랑글씨가 지렁이가 꿈틀거리듯이 수놓아져 있었다.

하의는 두꺼운 면으로 만든 바지 같은데 원래는 푸른색인 듯했으나 너무 오래 입거나 많이 빨아서 색이 희끗희끗하게 바랜 듯하고, 허리에는 가죽으로 만든 띠를 둘렀으며, 두 발에는 발목까지 덮는 견고해 보이는 검은 색의 가죽신을 신고 있는 모습이다.

요동욕살은 경험이 풍부하고 견문이 넓은 사람이지만 눈앞에 있는 사내의 차림새는 난생처음 보는 것이다. 당인(唐人)이나 왜인(倭人)들을 많이 봤으나 그들의 복장은 이런 모습하고는 거리가 멀었다.

요동욕살은 왼손으로 옆구리를 움켜잡고 오른손에는 여전히 환두대도를 움켜쥔 채 사내를 쏘아보며 물었다.

"귀하는 누구시오?"

그는 사내가 적이 아닐 것이라고 막연히 생각했다. 하지만 경계를 늦추지 않고 그를 날카롭게 주시했다.

그런데 사내의 입에서 뜻밖에도 전혀 예상하지 못했던 말이 흘러나왔다.

"네가 연달아(淵達雅)구나."

"……!"

순간 요동욕살은 움찔 놀랐다. 난생처음 보는 괴이한 사내의 입에서 자신의 이름이 튀어나왔기 때문이다.

연달아. 그것이 부친 연개소문이 그에게 지어준 이름이다. 그런데 대체 사내가 연달아라는 이름을 어떻게 알고 있단 말인가.

사내를 만난 이후, 아니, 벼랑 위에서부터 벌어지고 있는 모든 일이 의혹투성이다.

그런데 사내의 말씨가 이상했다. 신라(新羅)나 백제(百濟) 말씨가 아니라 한성(漢城:서울) 쪽 말씨 같기도 했다.

하지만 한성 말씨는 고구려와 백제의 말씨가 뒤섞인 것인데 사내의 말씨는 그렇지 않았다. 아주 부드러운 굴림 형의 말씨였다.

의혹이 먹구름처럼 피어나는 연달아는 상체를 앞으로 약간 숙이며 물었다.

"나를 본 적이 있소?"

사내는 꼿꼿한 자세로 고개만 가로저었다.

"가끔 보았었다."

"도대체 귀하는……."

"시간이 없다."

의혹이 쌓여가고 있는 연달아가 의아한 표정으로 물으려는데 사내가 말을 가로챘다.

사내는 손가락으로 위쪽을 가리켰다.

"오래지 않아서 당군들이 밧줄을 타고 내려올 것이다. 그전에 반드시 해야 할 일이 있다."

연달아는 그제야 잠시 잊고 있던 당군이 생각났다. 하지만 지금은 당군보다는 눈앞에 있는 사내에 대한 의문이 더 짙었다.

사내는 나직한 한숨을 토해냈다.

"나는 이곳에서 이틀 동안 너를 기다렸다. 계산을 잘못하는 바람에 그리됐다. 아니, 고구려 역사에 대한 지식이 부족했던 탓이지."

"이틀? 고구려 역사?"

"원래 역사대로라면 오골성주 요동욕살 연달아는 정자산 산중에서 실종되는 것으로 나온다. 이곳에서 나를 만났기 때문이지."

연달아로서는 도무지 종잡을 수 없는 말이다. 연달아가 이곳에 올 것이라는 사실을 어떻게 미리 알고서 사내가 기다리고 있었다는 말인가.

또한 연달아가 실종됐다는 기록이라니, 그것을 사내가 어떻게 알고 있는 것인가. 사내는 마치 앞날을 훤하게 알고 있는 점쟁이처럼 말하고 있었다.

이틀 전이라면 연달아가 이곳에 올 생각조차도 아예 하지 않았을 때가 아닌가.

사내는 손을 저으며 서둘렀다.

"설명을 해줄 시간이 없다. 그자가 여길 찾아내면 지금 상황에서는 우리 둘 다 죽을 수도 있다."

"그자가 누구요?"

"묵인자(墨忍者)다."

그러면서 그는 목 언저리에 있는 작은 쇠붙이를 잡아 아래로 죽 내렸다.

지익.

그러자 그의 상의가 좌우로 벌어졌다. 지퍼를 내린 깃이지만 연달아는 그것을 알 리가 없다.

그런데 연달아의 시선이 이끌리듯이 사내의 왼쪽 가슴으로 향하여 고정되었다.

그곳 심장 부위에 어떤 물체가 깊숙이 꽂혀 있었다. 그게 무엇인지는 알 수 없으나 그것이 꽂힌 부위에 피가 흘러 있으며, 손잡이 부분 밑둥에 어떤 한 글자가 또렷하게 새겨져 있었다.

淵

연달아의 성씨인 연(淵)이라는 글씨다.
그는 가볍게 표정이 변하여 사내를 쳐다보았다.
"그것은 무엇이오?"
"너의 것이다."
"내 것이라고?"
갈수록 이해할 수 없었다. 아니, 사내를 만나면서부터 모든 것이 이해할 수 없는 것투성이다.
연달아는 그런 물건을 본 적이 없다. 더구나 그의 물건이라는 것이 어째서 사내의 심장에 꽂혀 있다는 말인가.
더구나 사내는 심장에 그런 것을 꽂고 있으면서도 얼굴을 찡그리지도 않았다.
아예 자신의 심장에 그런 것이 꽂혀 있다는 사실을 모르는 사람 같았다.
"한꺼번에 많은 것을 알려고 하지 마라."
사내는 급한 상황인 것 같으면서도 말은 빠르지 않았고 목소리는 나직했다.
문득 연달아는 사내가 친근하다는 느낌이 들었다. 마치 오래전부터 가깝게 친했던 사람 같은 느낌이다.

사내는 손을 들어 자신의 심장에 꽂힌 물건을 가리켰다. 하지만 손을 대지는 않았다.

"이 물건은 전능(全能)이라고 한다. 묵인자는 이것을 찾아내려고 고구려까지 온 것이고, 결국에는 찾아냈다. 나는 이것을 뺏기 위해서 묵인자를 공격했고, 싸우는 과정에서 일부러 찔린 것이다. 전능을 회수하려면 그 방법밖에 없었다. 이제 이것을 너에게 줄 테니 이후 어느 누구에게도 뺏기지 마라. 이것을 잃으면 너는 모든 것을 잃고 보통 사람처럼 쉽게 죽을 수도 있게 된다."

사내는 중요한 말만 하는 것 같았다. 말은 길게 했지만 한마디 한마디가 다 중요한 듯했다. 또한 연달아가 지금 당장 이해하기를 바라지는 않는 듯했다. 그에게는 시간이 없지만 연달아에게는 많은 시간이 있으므로 앞으로 차차 깨닫게 될 것이라는 느낌을 풍겼다.

연달아는 머리가 뒤죽박죽이 된 것 같았다. 어느 것부터 묻고 또 이해해야 하는지 순서도 알 수 없었다.

"이것… 전능이라는 것에 심장이 찔린 당신은 머지않아서 죽게 되는 것이오?"

사내는 고개를 가로저었다.

"아니다. 전능의 주인인 네가 이것을 회수하면 나는 살 수

있다. 나도 살고 또 네게 전능을 돌려주기 위해서 이곳에서
너를 기다리고 있었던 것이다.”

그는 연달아를 똑바로 주시하며 말을 이었다.

“명심해라. 전능을 갖고 있는 자는 신도 죽일 수 있으며 죽
은 자도 살릴 수 있는 능력을 지닌다는 사실을. 그 말은, 네가
전능을 지니고 있으면 신도 될 수 있고 또 악마도 될 수 있다
는 뜻이다.”

가당치도 않은 말이다. 인간이 어떻게 신을 죽이고 또 죽은
자까지 살릴 수가 있다는 말인가. 하지만 희한하게도 연달아
는 그의 말을 믿고 싶었다.

아니, 지금까지 일어난 일들, 그리고 지금 일어나고 있는
일들이 그것을 믿게끔 만들었다.

사내는 계속해서 연달아가 나중에 이해하기를 바라는 말
만을 했다. 마치 유언을 남기는 듯했다.

“두 가지만 약속해 다오.”

“무… 엇이오?”

무쇠보다 강한 심장과 태양보다 밝은 총명함을 지닌 연달
아지만 지금의 상황에서는 그저 바보가 된 것만 같았다.

“잠시 후에 내가 너를 어떤 여자에게 보내줄 것이다. 그 이
후에 너는 절대로 그녀 곁을 떠나지 마라. 무슨 일이 있어도
목숨을 걸고 그녀를 보호해야 한다. 이것이 네가 지켜야 할

첫 번째 약속이다.”

미친놈의 헛소리 같지만 이상하게도 연달아에겐 매우 진지하게 들렸다.

“그녀가 누구요?”

“곧 알게 될 것이다. 하지만 너도 아는 여자다.”

연달아는 궁금증을 참으면서 물었다.

“두 번째는 무엇이오?”

“절대 죽지 마라. 네가 죽으면…….”

사내는 뭔가 말하려다가 고개를 가로저었다.

“아니다. 너는 그 두 가지 약속을 반드시 지켜야 한다.”

사내는 지키겠느냐고 묻지도 않고 반드시 지키라고 명령조로 말했다.

“손을 다오.”

사내의 말에 연달아는 이끌리듯이 환두대도를 왼손으로 옮겨 쥐고 오른손을 뻗었다.

사내는 연달아의 손을 잡아 손바닥을 자신의 심장에 꽂힌 물건, 즉 전능의 밑동에 대도록 한 후 검은 선글라스를 벗고 그를 똑바로 주시했다.

“내 눈을 봐라. 지금부터 내 지식을 너에게 전해주겠다.”

“…….”

지식을 어떻게 전해준다는 말인가. 하지만 연달아는 사내의 말을 이해하려고 애쓰지 않았다. 어차피 모든 것이 이해할 수 없는 것뿐이다. 또한 지금의 이런 최악의 상황에서 나빠지면 얼마나 더 나빠지겠는가.

연달아는 사내의 손에 쥐어져 있는 선글라스와 그의 얼굴을 번갈아 쳐다보았다.

"내 눈을 보라고 했다."

사내가 일깨우자 연달아는 급히 그의 눈을 봤다. 그의 눈은 서글서글하면서도 호수처럼 맑고 또 깊었다.

그 순간 사내의 눈이 조금 커지는 것 같더니 그의 눈에서 번쩍하고 눈부신 섬광이 뿜어졌다.

'우웃!'

섬광이 눈 속으로 파고들자 연달아는 갑자기 눈앞이 새하얗게 변하면서 머릿속이 멍한 상태가 됐다.

머릿속에서 바람 소리가 휙! 휙! 났다. 아니, 가슴속에서 나는 소리 같았다.

그러면서 바닥이 쑥 꺼지며 한없이 아래로 가라앉는 것 같기도 하고, 끝없는 창공으로 빠르게 쏘아 오르는 것 같기도 한 느낌이 들었다.

고구려가 멸망하고, 가연공주가 당군에 납치됐으며, 연달아 자신은 중상을 입은 채 산속에서 도주하고 있었다. 그의 인생에서 최악의 상황이었다.

　그때 난데없이 신비한 사내를 만났으며, 그를 통해서 이상한 경험을 하고 있다.

　연달아는 정신이 아득해지는 것을 느끼고 있는데 멀리서 사내의 말이 메아리처럼 들렸다.

　"눈을 감고 생각을 깊게 하면, 그리고 네가 필요할 때 내 지식이 보일 것이다."

제2장

서울의 요동욕살

RUNNER
런너

2012년 10월 7일 오전 10시, 서울 청담사거리.

수많은 차가 강물처럼 흘러가거나 교차로에 정지한 채 신호를 기다리고 있다.

그런데 신호기에 황색등이 들어오고 녹색등이 들어오기도 전에 정지선에 늘어선 차들 중에서 세 대의 스포츠카가 총알처럼 튀어나갔다.

바우우웅!

와우우웅!

순간 웅장한 배기음이 허공을 떨어 울렸다.

처음에는 벤츠 SL클래스가 빠른 듯했으나 잠시 후에는 포르쉐911에게 선두를 내주었고, 그리고 최후에는 재규어 XKR컨버터블이 10여 미터 이상이나 앞서 나가는가 하더니 그때부터 간격을 쭉쭉 벌렸다. 배기량 5.0의 승리다. 아니, 승리인 듯 보였다.

재규어 운전석의 청년은 최고급 브랜드의 옷으로 몸을 휘감고 번뜩이는 선글라스를 꼈는데, 얼굴에는 짜릿한 흥분과 승리의 미소가 환하게 번지고 있었다.

그런데 갑자기 시커먼 물체가 앞에서 덮쳐 왔다.

쾅!

어쩌고저쩌고 할 새도 없이 둔탁한 굉음과 함께 그 물체가 보닛에 떨어졌다가 동시에 앞창에 부딪쳐서 다시 허공으로 둥실 떠올랐다. 그 여파로 재규어가 한순간 멈칫했다.

"으갸아!"

조수석의 계집아이는 찢어지는 비명을 지르면서 두 손으로 얼굴을 가렸고, 운전석의 청년은 눈을 질끈 감고 죽을힘을 다해서 브레이크를 밟았다.

끼아아악—!

재규어는 갈지자를 그리며 급정거했고, 재규어에 충돌한 시커먼 물체는 허공으로 수직으로 떠올랐다.

그러나 시커먼 물체는 재규어를 뒤따르다가 앞의 상황을

발견하고 놀라서 급히 브레이크를 밟고 있는 포르쉐911터보
의 보닛으로 무지막지하게 떨어지며 충돌했다.

　쾅!

　때마침 한 명의 교통경찰이 편의점에서 원두커피 두 잔을
사가지고 도로변에 정차해 놓은 경찰차로 돌아오는 중이다.

　순경 계급장을 단 20대 후반의 젊은 교통경찰은 도로 한복
판 쪽에서 요란한 소리가 터지는 것을 듣고 쳐다보고는 깜짝
놀라는 표정을 지었다.

　대형 사고라고 판단한 그는 크게 당황해서 들고 있던 원두
커피를 내팽개치고 급하게 정차해 있는 경찰차로 달려가 조
수석 쪽의 문을 열며 소리쳤다.

　"사고입니다! 어서 나와 보십시오!"

　그러나 조수석에 있는 사람은 꼼짝도 하지 않았다.

　조수석에는 짙은 선글라스를 낀 여자 경찰이 시트를 뒤로
한껏 젖힌 채 상체를 길게 눕히고 부츠를 신은 늘씬한 두 다
리를 꼬아 대시보드에 올린 흐트러진 자세로 누워 있었다.

　그 모습을 보면 그녀는 경찰이 아니라 운전하다가 지쳐서
차를 노견에 잠시 주차시키고 쉬고 있는 것처럼 보였다.

　여자 경찰의 검고 긴 윤기 흐르는 머리카락이 한쪽 눈을 가
리고 어깨로 흘러내렸으며, 제복 상의 단추는 두 개가 풀려서

안에 입은 붉은색 티셔츠와 터질 듯이 부푼 가슴이 보였고, 양쪽 귀에 이어폰을 꽂고 있었다.

아마도 MP3에서 흘러나오는 음악을 감상하고 있거나 잠이 든 모양이다.

그런데 여자 경찰 어깨의 계급장에 반짝이는 무궁화가 하나 달려 있다.

그렇다면 그녀는 경위라는 것이다. 경위면 경찰서 반장 급이며 또는 지구대 팀장이나 파출소장 급이다. 여자 경찰이 경위라면 드문 일이다.

더구나 여자 교통경찰이 경위이면서 현장에 나오는 경우는 더욱 드물다.

순경은 경위를 감히 깨우지 못하고 발만 동동 구르다가 경찰차 지붕 너머로 사고 현장을 재빨리 살펴보았다.

사고 현장에서 짙은 연기가 피어오르고 뒤쪽으로는 차량들이 길게 밀리며 혼잡해지기 시작하는 광경이 보였다.

어서 빨리 손을 쓰지 않으면 119구급대가 사고 현장에 접근할 통로마저 차단되는 것은 물론이고 최악의 교통 대란이 벌어질 것이 분명하다.

다급해진 순경은 경위를 깨워야겠다고 마음먹었다. 그는 즉시 경위의 귀에 꽂혀 있는 이어폰을 빼고 소리쳤다.

"경위님! 사고가 났습니다!"

슥—

경위의 짙은 선글라스 안에서 눈이 떠지는 것이 보이자 순경은 가슴이 철렁 내려앉았다.

이 여자 경위는 경찰 내에서도 꼴통이라고 소문이 자자한 인물이다.

더구나 이 젊은 순경은 여경위와 파트너가 되어 오늘 처음 현장 근무를 나왔다.

순경은 어떻게든 경위가 벌이는 불화에 휩쓸리지 않기를 바라는 마음이 간절하지만 지금의 상황으로 봐서는 그러기는 애당초 틀린 것 같은 예감이 들었다.

순경이 호들갑을 떠는 것과는 전혀 상관하지 않고 경위는 팔짱을 낀 자세 그대로 꼼짝도 하지 않으면서 순경을 힐끗 쳐다보며 중얼거렸다.

"무슨 사고냐?"

순경은 경위의 눈빛을 마주하는 것만으로도 심장이 오그라들어서 더듬거렸다.

"교… 통사고입니다. 이… 인사 사고인 것 같습니다."

그래도 경위는 느긋하기만 했다.

"박노현 순경, 이런 경우에 어떻게 대처해야 하는지 매뉴얼을 읊어봐."

순경 박노현은 자신도 모르게 부동자세를 취했다.

"머, 먼저 사고 현장을 확인해서 인사 사고일 경우에는 구급차를 호출하고 그… 다음은 본부에 보고한 후에… 사고 현장을 확보하고… 또… 교통 흐름이 원활하도록 재빨리 정리를 해야 합니다."

경위는 고개를 가볍게 끄덕였다.

"그럼 그렇게 하도록."

"넵!"

박노현 순경은 경례를 붙이고는 다리가 보이지 않을 정도로 빠르게 사고 현장을 향해 달려갔다.

경위의 도움을 받으려고 했던 생각은 그의 머리에서 멀리 달아나 버린 상태다.

경위는 두 팔을 머리 뒤쪽으로 쭉 뻗어 늘어지게 하품을 하고 나서 이어폰을 다시 귀에 꽂으려다가 멈추고 이어폰 줄을 MP3에 둘둘 말아서 상의 주머니에 넣고는 조금도 바쁘지 않은 동작으로 경찰차에서 내렸다.

척!

훤칠한 키다. 최소 1미터 70은 훌쩍 넘을 듯했다. 거기에 굽 높은 부츠까지 신었기 때문에 훨씬 더 커 보였다. 더구나 키가 큰 여자는 남자보다 더 커 보이게 마련이다.

그녀는 완만한 동작으로 사고 현장 쪽을 쳐다보았다. 마치 자기하고는 아무런 상관이 없는 행인이 사고를 구경하는 듯한 태연한 모습이다.

잠깐 사이에 도로는 이미 엉망이 돼버린 상황이다. 아니, 점점 더 엉망진창이 되는 중이다. 차량 행렬이 영동대교 직전까지 밀려서 차들이 한꺼번에 경적을 울려대며 아비규환이다.

그런데도 경위는 조금도 서두르지 않고 느릿한 동작으로 풀어헤친 상의 단추를 채우면서 사고 현장을 향해 규칙적인 걸음으로 걸어갔다.

저벅저벅.

인도의 행인들이나 도로에 멈춰 선 차량에서 내린 사람들은 사고 현장을 구경하고 있다가 여경위의 출현에 모두 그녀를 쳐다보았다.

그녀는 분명히 교통경찰 제복을 입고 있었지만, 사람들은 그녀를 경찰이라고 여기지 않는 듯한 표정이다.

긴 머리카락을 물결처럼 바람에 휘날리면서 풍만한 가슴에 잘록한 허리, 팽팽한 히프, 늘씬한 두 다리를 뻗으면서 걸어가고 있는 그녀는 유명한 모델이나 탤런트 뺨칠 정도의 미모와 몸매의 소유자였다.

어떤 사람들은 혹시 이곳에서 영화나 드라마 촬영을 하는 것이 아닌가 싶어서 주위를 두리번거리기도 했다.

박노현 순경은 혼자 이리 뛰고 저리 뛰면서 사고 현장을 수

습하느라 진땀을 빼는 중이었다.

재규어와 포르쉐에서 내린 남녀 네 명은 자신의 차 근처에 모여 서서 한쪽 방향을 쳐다보고 있었다.

재규어 운전자는 눈살을 잔뜩 찌푸린 채 못마땅한 표정인데 반해서 포르쉐 운전자는 잔뜩 겁에 질린 얼굴이었다.

그걸 보면 재규어 운전자는 오늘 일진이 나쁘다고 생각하는 듯했고, 포르쉐 운전자는 도심에서 스피드 배틀을 한 것을 후회하고 있는 것 같았다.

그들 이남이녀가 쳐다보고 있는 곳은 포르쉐 보닛 위인데, 한 사람이 하늘을 향한 자세로 누워 있었으며, 온몸이 그야말로 피투성이었다. 재규어와 포르쉐에 연달아 받힌 시커먼 물체는 사람이었다.

한눈에도 그 사람이 즉사했거나 극심한 중상을 입었다는 사실을 짐작할 수 있었다.

그때 포르쉐 운전자인, 머리카락을 뒤에서 하나로 묶은 꽁지머리 청년이 잔뜩 겁먹은 얼굴로 슬금슬금 뒷걸음치는가 싶더니 갑자기 중앙선을 넘어 반대쪽 도로를 향해서 죽을힘을 다해 도망치기 시작했다.

"이봐! 멈춰!"

박노현 순경이 그것을 발견하고 다급하게 외쳤으나 포르쉐 청년은 질주하는 차량 사이를 요리조리 피하면서 더 빠른 속도로 도망쳤다.

　탕—!

　그때 한 발의 총성이 주위를 쩌렁쩌렁하게 울렸다. 난데없이 대낮의 도심 한복판에서 총이 발사된 것이다.

　그러자 도망치던 포르쉐 청년은 본능적으로 멈추면서 그 자리에 납작하게 엎드리며 울부짖었다.

　"쏘, 쏘지 마세요!"

　포르쉐 꽁지머리청년뿐 아니라 주위의 많은 사람들이 총소리에 기겁해서 자세를 낮추거나 그 자리에 엎드리듯 주저앉으며 주위를 두리번거렸다.

　그즈음 주위 모든 사람들의 시선은 경위 한 사람에게 집중되어 있었다.

　그녀는 오른손으로 잡은 권총을 하늘을 향해 겨누고 있는데 권총 총신에서 흐릿한 연기가 피어나고 있는 것이 방금 발사됐음을 증명하고 있었다.

　사람들은 원래 그녀의 멋진 자태를 쳐다보느라 정신없는 상태였기 때문에 그녀가 공포탄을 발사하는 광경을 똑똑히 목격했다.

　경위는 권총을 여전히 하늘로 향한 채 포르쉐 청년에게 나직하게 외쳤다.

　"어이! 이쪽으로 와라!"

똘마니를 부르는 듯한 광경이다.

부들부들 떨고 있던 포르쉐 청년은 잽싸게 일어나더니 총알같이 달려와 경위 앞에 부동자세로 섰다.

경위는 자기 키만 한 보통 체구의 포르쉐 청년을 굽어보며 무표정한 얼굴로 물었다.

"왜 도망쳤니?"

포르쉐 청년은 부들부들 떨었다.

"무… 서워서… 저도 모르게……."

"쯧! 사내자식이……. 불알 떼라."

"네?"

경위는 권총을 허리의 권총집에 넣으며 중얼거렸다.

"사고를 내고 도주하면 뺑소니가 돼서 무거운 가중 처벌을 받는다는 거 알고 있지?"

"네……."

"그러니까 내가 널 살려준 거야."

포르쉐 청년은 눈을 껌뻑거리면서 뭔가 생각하는 듯하다가 굽실 허리를 굽혔다.

"가, 감사합니다!"

그는 정말로 경위에게 고마움을 느꼈다. 만약 뺑소니로 처리된다면 사건이 훨씬 더 골치 아파지고 무거운 벌을 받을 것이기 때문이다.

그러나 경위는 꽁지머리에게는 더 이상 관심없다는 듯 포르쉐 보닛에 쓰러져 있는 사람의 얼굴 쪽으로 돌아가고 있었다.

그런데 그 사람의 복장이 희한했다. 평범한 일반인이 입는 옷이 아니다.

경위가 척 보니까 TV 드라마 사극에 나오는 사람의 복장을 하고 있다. 더구나 그의 오른손에는 이상한 모양의 칼까지 쥐어져 있었다.

그래서 경위는 그가 사극 촬영을 하다가 사고를 당했을 것이라고 추측했다.

도대체 사극 출연 연기자가 청담동 대로에서 무엇을 하다가 교통사고를 당했는지 모를 일이다.

주위를 이리저리 둘러봐도 촬영을 하고 있는 광경 같은 것은 보이지 않았다.

경위는 천천히, 그리고 세심하게 시내를 살펴보았다. 선장한 체구로 미루어 남자인 듯했다.

그런데 온몸이 피투성이다. 머리에서부터 발까지 수십 군데 상처를 입었다. 찔리고 베이고 찢어진 상처에서 피가 콸콸 쏟아지고 있었다.

경위는 선글라스를 벗고 사내의 얼굴을 들여다보며 고개를 갸웃거렸다.

교통사고를 당했는데 어떻게 이처럼 많은 상처가 생길 수 있는 것인지 알 수 없는 일이다.

딱히 경찰대학에서 법의학을 공부한 그녀라서가 아니라 누구든지 이 사내의 상태를 보게 되면 분명히 이상하게 생각할 것이다.

"사망했나?"

경위는 사내의 호흡을 살피고 있는 박노현 순경에게 턱으로 사내를 가리키며 대수롭지 않게 물었다.

"그런 것 같습니다."

박 순경은 자신없는 얼굴로 대답하며 사내의 피투성이 심장 쪽에 귀를 갖다 대려고 했다.

"무슨 대답이 그래? 죽었으면 죽은 거고 살았으면 살아 있는 거지. 비켜봐."

경위는 박 순경을 밀치고 사내의 목 동맥에 손가락을 갖다 대고 맥을 짚었다.

그녀의 손은 희고 손가락이 매우 길었으며 뼈가 보일 정도로 투명했다.

심장이 박동을 하면 동맥도 따라서 박동을 한다. 심장에서 펌프질을 하여 피를 동맥으로 보내기 때문이다. 그것이 바로 맥박이다.

그리고 심장에 가까이 있는 동맥일수록 맥박을 더욱 분명하게 알 수가 있다. 그러므로 맥박이 뛰지 않으면 심장이 멈췄다는 뜻이다.

그런데 경위의 손가락 끝으로 사내의 맥박이 매우 흐릿하게 느껴졌다.

심장이 약하게나마 박동을 하고 있다는 증거다. 그러므로 사내는 죽지 않았다.

경위는 목 동맥에서 손가락을 떼지 않은 상태로 사내의 얼굴을 쳐다보았다.

그의 얼굴은 핏물에 담갔다가 방금 꺼낸 것처럼 온통 시뻘건 피투성이라서 용모를 알아볼 수가 없는 상태였다.

그런데 경위가 예상하지 않았던 일이 일어났다. 사내가 갑자기 천천히 눈을 뜨기 시작한 것이다.

마치 긴 잠에서 깨어나듯, 영혼의 소곤거림에 화답하듯이 사내는 편안하게 눈을 뜨고는 경위를 바라보았다. 아니, 그가 눈을 떴을 때 경위의 얼굴이 거기에 있었다.

사내의 눈을 처음 본 경위가 반사적으로 느낀 것은, 그의 눈이 매우 맑으면서도 또 깊다는 것이다.

순간적이지만 경위는 자기가 그 눈 속으로 빨려들 것 같은 착각마저 들었다.

그녀는 눈을 마음의 창이라고 아직도 믿고 있는 소수의 사람 중 하나다.

즉, 눈이란 그 사람의 심성을 대변하는 것이다. 그녀는 지금처럼 혼탁한 세상에서 이처럼 순수한 눈을 지닌 사람을 한 번도 본 적이 없다.

그런데 그때 더 놀라운 일이 일어났다. 경위를 발견한 사내의 눈이 조금 커지는가 싶더니 두 눈 가득 환한 반가움이 가득 넘쳤다.

그리고 그의 입술이 조금 달싹거리며 온화한 목소리가 흘러나왔다.

"고방아(高芳雅)……."

경위는 가볍게 움찔 몸을 떨며 급히 사내의 목 동맥에서 손가락을 떼면서 뒤로 한 걸음 물러났다.

평소 겁이라고는 전혀 느낀 적 없는 천방지축 그녀지만 지금은 정말 놀라고 겁이 더럭 났다.

그녀가 재빨리 주위를 살펴보니 박 순경은 저만치에서 밀린 차량 때문에 거북이처럼 느리게 오고 있는 구급차의 길을 터주느라 여념이 없다.

경위는 사내를 굽어보면서 놀라움을 억누르며 냉정한 얼굴로 물었다.

"당신 누군데 내 이름을 아는 겁니까?"

사내는 피범벅인 손을 들어 올리려고 애썼다. 그녀를 만지려는 것 같았다.

경위 고방아는 다시 움찔 놀라서 뒤로 한 걸음 더 물러서며 차갑게 내뱉었다.

"당신 누구냐니까?"

"고방아… 가… 연… 공… 주……."

사내는 손을 들어 올리려고 애만 썼을 뿐 정작 들어 올리지는 못하고 팔을 떨기만 했다.

그리고 마지막으로 힘없이 경위의 이름을 한 번 더 부르고 또 이상한 소리를 더듬거리더니 스르르 눈을 감아버렸다. 다시 기절한 것이다.

고방아 경위는 크고 아름다운, 그러나 날카롭고도 차가운 기운이 흐르는 눈을 살짝 찌푸리고 사내를 쏘아보았다.

'도대체 이 자식 누구야?'

그때 문득 그녀의 시선을 끄는 것이 있었다. 사내의 왼손에 쥐어져 있는 하나의 물건이었다.

그것은 짙은 검은색의 선글라스였다. 고방아 경위는 사내의 선글라스를 발견한 순간 그것이 고급 브랜드인 레이밴이라는 것을 한눈에 알아보았다.

아니, 심지어 그 선글라스가 레이밴2140RB 월드핏이라는 것까지도 간파했다.

그녀는 조금 놀란 듯, 그리고 어이없는 듯한 표정을 지으며 자기의 왼손을 들어 올려 거기에 쥐어져 있는 선글라스를 쳐다보았다.

　그것 역시 레이밴2140 월드핏. 사내의 선글라스와 같은 것
이었다.

＊　　　＊　　　＊

　연달아는 청담사거리에서 가까운 한성대학병원으로 이송
되어 응급실에 누워 있었다.

　그가 응급실에 실려 들어오자마자 여러 명의 의사와 간호
사들이 벌떼처럼 달라붙어서 심폐소생술에 심장 마사지, 수
혈을 하는 등 한바탕 난리법석을 피운 후에야 그 혼자 남겨졌
다.

　조금 전에 담당 의사가 내린 의학적 소견으로 연달아는 5
분 전에 사망했다.

　사인은 간과 장, 심동맥 파열과 과다 출혈, 심장 쇼크 등의
복합적인 원인이었다.

　침대 옆에 서 있는 고방아 경위는 굳은 표정으로 물끄러미
연달아를 굽어보았다.

　그녀는 강남경찰서 교통과 교통지도계로 발령, 아니, 좌천
되고 나서 오늘이 첫 근무였다. 그런데 첫날에 이상한 일이
벌어진 것이다.

평소 그녀의 성격대로라면 교통사고 피해자를 따라서 병원까지 오는 일은 어림도 없는 일이다.

차라리 그 시간에 잠을 자면 잤지 이따위 시간낭비는 절대로 하지 않는 것이 그녀의 철칙이다.

그러나 이 교통사고만큼은 오지 않을 수가 없었다. 피해자가 그녀를 알아보았고 또 이름까지 정확하게 불렀기 때문이다.

그래서 피해자가 누군지, 그가 어떻게 그녀를 알고 있는지 알아내기 위해서 병원까지 따라온 것이다.

고방아는 자기가 피해자를 처음 본, 아니, 그가 눈을 뜬 그 순간을 또렷하게 기억하고 있다.

그는 고방아를 발견하고는 더없이 환한 눈빛을 지어 보였다. 그 맑고 깊은 눈동자 속에 일렁거리던 기쁨과 반가움의 물결이 지금도 그녀의 뇌리에 깊이 각인되어 있어서 쉽사리 지워지지 않고 있다.

그가 보인 그런 눈빛은 마치 부모나 형제, 가족, 연인이 생사를 모르는 채 오랫동안 헤어져 있다가 상봉했을 때 보여줄 수 있는 그런 것이었다. 그래서 고방아는 피해자가 누군지 더욱 궁금한 것이다.

하지만 지금 고방아는 실망을 금하지 못하고 있다.

방금 전에 그녀가 부탁해서 간호사가 물수건으로 피해자

의 얼굴에 잔뜩 묻은 피를 깨끗이 닦아주었기 때문에 지금은 맨얼굴이 드러난 상태다.

그는 얼굴에는 상처를 입지 않았다. 그리고 구릿빛으로 잘 그을린 피부에 강인한 골격을 지녔으며 전체적으로 갸름한 미남형의 얼굴이다.

하지만 문제는 그게 아니다. 사내가 잘생기긴 했지만 고방아로서는 생전 처음 보는 사내라는 사실이 문제다. 그리고 그 생면부지의 사내가 다 죽어가면서 그녀의 이름을 불렀다는 것이 더 큰 문제다.

더구나 그는 고방아 경위가 한시도 몸에서 떼어놓지 않고 분신처럼 여기고 있는 선글라스 레이밴2140 월드핏과 똑같은 것을 지니고 있었다.

과연 그것을 어떻게 해석해야 하는가. 우연의 일치치고는 기가 막힌 우연이 아닐 수 없다.

하지만 이 괴이한 사내는 죽었다. 숨이 끊어진 것이다. 그러므로 그가 어떻게 고방아를 아는지에 대한 것은 영원히 의문으로 남을 수밖에 없다.

그렇다고 방법이 전혀 없는 것은 아니다. 이 사내의 신원을 알아내면 그가 어떻게 고방아를 아는지 유추할 수 있을 것이다.

신원 불명이라면 손가락 지문을 뜨면 될 것이다. 대한민국

국민의 지문이라면 모조리 경찰에서 보유하고 있다. 고방아
는 경찰이지 않은가. 그것도 막강한 꼴통 경위다. 지문 정도
알아내는 것은 어려운 일도 아니다.

고방아가 돌아간 후에 병원의 남자 직원이 사망한 연달아
를 지하로 옮기기 위해서 응급실로 왔다.
병원의 환자가 지하로 옮겨진다는 것은 사망했다는 뜻이
다. 연달아는 지하로 옮겨져서 어떤 모종의 절차를 밟게 될
것이다.
만약 경찰이 요구하면 부검을 하게 될 것이고, 그게 아니라
면 간단한 절차를 거쳐서 씻기고 상처가 꿰매진 후에 이 병원
의 시신 전용 옷이 입혀져서 차디찬 냉동고 속에 들어갈 것이
다.
그다음에는 연고자가 나타나기를 기다리고, 연고자가 나
타나지 않으면 의례에 따라시 행러자로 구분되어 서울시에서
화장, 즉 시신을 불에 태워서 장사를 지낼 것이다.
드르르.
직원은 능숙한 동작으로 연달아의 얼굴을 하얀 시트로 덮
은 후에 이동 침대를 밀고 응급실을 나서서 복도로 향했다.
그런데 직원은 평소에 은근히 짝사랑을 하고 있는 간호사
가 때마침 자기 곁을 스쳐 지나가자 그녀를 쳐다보느라 무심

코 고개를 돌렸다.

그때 침대의 시트에서 갑자기 피 묻은 손이 불쑥 나오더니 얼굴 쪽 시트를 젖히면서 연달아가 스르르 상체를 일으켜 앉았다.

짝사랑 간호사를 본 직원은 입가에 만족한 미소를 지으며 얼굴을 다시 앞쪽으로 하다가 시체가 일어나 앉아 자신을 똑바로 쳐다보고 있는 것을 발견하고는 혼비백산했다.

"끄아악!"

연달아는 다시 응급실 침대에 눕혀졌다.

그리고는 병원의 거의 모든 의사와 간호사들이 응급실로 몰려와서 그에게 달라붙어 온갖 검사를 하고 차트를 살피는 등 난리를 피웠다.

10분 전에 의사가 사망했다고 판정을 내린 시체가 되살아났으니 응급실이 발칵 뒤집어지는 것은 당연한 일이다.

처음에 연달아는 눈을 뜨고 침대 주위에 몰려 있는 의사와 간호사들을 살피며 적잖이 당황했다. 도대체 이들이 누군지, 자신이 어디에 있는지, 지금 무슨 상황이 벌어지고 있는지 짐작조차 할 수가 없었다.

하지만 그는 자기가 벌거벗겨진 상태라는 것을 깨달았다. 그리고 의사와 간호사들이 자신의 온몸 여기저기를 만지고 있는 것을 알았다.

물론 그는 그들이 의사와 간호사라는 사실을 알 턱이 없다. 그리고 왜 자신의 몸을 만지는지도 알지 못했다. 그래서 연달 아는 크게 당황했다.

그는 조금 전까지만 해도 정자산 벼랑 아래의 동굴에서 신 비한 사내를 만나고 있었는데, 지금은 전혀 다른 상황이 전개 되고 있었기 때문이다.

그는 자신의 주위에 몰려 있는 사람들을 불안한 눈으로 이 리저리 쳐다보았다.

고개를 움직이지 않고 눈동자만 이리저리 굴렸다. 의사나 간호사들이 보기에 그의 그런 모습은 죽었다가 소생한 사람 의 불안정한 모습쯤으로 비춰졌다.

연달아가 본 그들의 옷차림이나 모습, 행동, 처음 보는 도 구 등 모든 것이 이상했다.

이헤할 수 있는 것이 하나도 없다. 자기가 어째서 이런 곳 에 누워 있는지조차도 이해하지 못했다.

그러나 그는 원래 과묵하고 무거운 성격이다. 또한 천지개 벽이 일어난다고 해도 당황하지 않을 철석간담, 즉 강심장을 지녔다.

그는 이내 눈을 감았다. 눈을 뜨고 주위를 살펴본다고 해도 이해할 수 있는 것이 아무것도 없으니까 차라리 눈을 감는 편이 좋았다. 눈으로 보고 있으니까 오히려 마음이 더욱 어수선해졌다.

그래서 몸을 그들에게 내맡긴 채 눈을 감고 냉철하게 생각을 해보려는 것이다.

그는 어쩌면 자신이 꿈을 꾸고 있는 것인지도 모른다고 생각했다. 꿈이란 잠을 자거나 기절한 상태에서 꾸게 된다.

그렇다면 그가 언제 잠이 들고 기절을 했다는 말인가. 당군에게 쫓겨서 정자산으로 들어갔을 때인가?

혹시 그때 이미 죽은 것은 아닐까? 그래서 정자산 벼랑의 동굴에서 만난 신비한 사내나 지금 벌어지고 있는 상황이 저승에서의 일은 아닌가?

하지만 연달아는 그런 것은 아닐 것이라고 생각했다.

그러기에는 모든 것이 너무도 생생했다. 이처럼 생생하게 느낄 수 있는 것은 현실밖에는 없다. 게다가 온몸의 상처에서 여전히 아픔이 느껴지고 있지 않은가.

이윽고 그는 생각을 달리해 보기로 했다. 우선은 자기 자신을 납득시켜야만 한다.

잠시 생각을 하던 그는 지금 자기가 처해 있는 상황이 정자산 벼랑의 동굴에서 만난 사내 때문일지도 모른다는 생각이 들었다.

그 사내는 연달아를 어떤 여자에게 보낼 것이며 그녀를 목숨처럼 지키라고 말했다.

　그런데 연달아는 얼마 전에 가연공주 고방아를 봤다. 비록 그녀가 이상한 차림을 하고 연달아를 알아보지 못했지만 고방아가 분명했다. 그가 정혼녀인 고방아를 알아보지 못할 리가 없다.

　그러니까 동굴 속의 사내가 말했던 여자는 고방아일지도 모른다. 아니, 그녀가 분명하다. 사내는 '너도 아는 여자' 라고 말했다.

　그렇다면 동굴 속의 사내는 연달아에게 고방아를 목숨 걸고 지키라고 말한 것이다.

　거기까지 생각한 연달아는 다시 눈을 떴다. 그리고 눈동자를 굴려 고방아를 찾아보려고 애썼다.

　하지만 그녀의 모습이 어디에서도 보이지 않자 그는 적잖이 실망했다.

　"정신이 드세요? 여기가 어딘지 아시겠어요?"

　그때 흰옷을 입고 머리에 고깔 같은 희고 조그만 이상한 모자를 쓴 여자가 기쁜 표정을 지으며 연달아에게 물었다.

　"어디요?"

　그렇지 않아도 이곳이 어딘지 궁금했던 연달아는 또렷하지만 작은 목소리로 되물었다.

　"여긴 병원이에요. 환자 분께선 한 시간 전에 청담사거리에서 교통사고를 당해서 크게 다쳤어요."

"병원……."

"염려 마세요. 위험한 고비는 넘겼어요. 최선을 다해서 치료해 드리겠어요."

연달아는 '병원'이 고구려의 '의방'과 비슷한 기능을 하는 곳일 것이라는 짐작이 들었다. 흰 모자의 여자, 즉 간호사가 위험한 고비는 넘겼다면서 최선을 다해서 치료해 주겠다고 말했기 때문이다. 일단 이곳이 어딘지는 안 것 같다.

그렇다면 지금 연달아를 만지거나 주위에 모여 있는 남녀들은 의원들일 것이다.

그렇다면 나쁘지 않다. 연달아는 다친 상태이기 때문에 이들이 치료를 해줄 테니까 말이다.

"이름을 말씀해 주시겠어요?"

그때 방금 전의 간호사가 연달아에게 미소를 지으며 물었다.

"연달아."

간호사는 눈을 동그랗게 떴다.

"네? 연달아 무슨 일이 있었나요?"

연달아라는 이름 때문에 그는 어렸을 때 그런 놀림을 당한 적이 있다.

"내 이름… 연달아요."

간호사는 웃음이 나오려 한 때문인지 하얀 손으로 입을 가리고 고개를 끄덕였다.

"아, 연달아. 성이 연이고 이름이 달아인가요?"

"그렇소."

연달아는 눈동자로 간호사를 쳐다보았다.

"당신은?"

"아, 저는 최 간호사예요. 여기."

그러면서 그녀는 손가락으로 자신의 봉긋한 왼쪽 젖가슴을 가리켰다.

거기에는 명찰이 달려 있었으며 최선아라는 이름과 소속, 지위 따위가 적혀 있었다.

하지만 고구려 사람인 연달아가 조선시대의 세종대왕이 창제한 한글을 알 턱이 없다.

여사가 창피한 줄도 모르고 손가락으로 자신의 유방을 가리키다니, 연달아는 얼른 눈을 내리깔았디.

하지만 어쩌면 그녀가 유방을 가리키는 것이 자신의 이름을 뜻하는 것인지도 모른다는 생각이 들어서 다시 그녀의 그리 풍만하지 않은 가슴을 쳐다보았다.

그리고는 그녀의 이름을 제대로 알았다는 듯 중얼거렸다.

"그대 이름은 최간호사유방이로군."

방금 전에 그녀가 자신을 '최 간호사' 라고 했고 또 유방을 가리켰기 때문에 이어서 붙인 것이다.

최 간호사의 얼굴이 붉어졌으나 연달아는 제 딴에는 친근한 미소로써 화답해 주었다. 어쨌든 이상한 세상에서 최초로 대화를 나눈 사람이니까 미소쯤 지어주는 것은 나쁘지 않다는 생각이다.

최선아 간호사는 연달아가 죽다가 살아난 사람 같지 않게 유머가 있어서 좋았다.

그녀는 자기 이름을 연달아가 '최간호사유방'이라고 한 것을 유머라고 생각했다.

연달아는 두 가지 사실만은 분명하게 알 수 있었다. 이곳이 고구려가 아니라는 사실이다.

그리고 또 한 가지, 고구려는 아니지만 고방아와 최간호사유방을 비롯한 이곳의 사람들이 동족이 분명하다는 사실이다. 그들이 연달아와 같은 말을 쓰고 있기 때문이다.

또한 이곳 사람들은 연달아가 정자산 벼랑의 동굴 속에서 만난 사내와 같은 말씨를 사용하고 있었다.

제3장

여경 고방아

RUNNER
런너

　연달아는 더 이상 응급실에 있을 필요가 없을 정도로 상태가 좋아졌다.

　그를 담당했던 응급실의 전문의나 간호사들은 그의 놀라울 정도로 빠른 회복 속도에 그저 감탄할 뿐이었다. 그래서 그는 병원의 10층 입원실로 옮겨졌다.

　그는 최 간호사하고 응급실에서 나눈 짧은 대화 이후에는 입을 굳게 다문 채, 그리고 이따금 눈을 뜨고 주위를 살펴보면서 묵묵히 상황을 지켜보기만 했다.

　청담사거리에서 연달아를 치었던 재규어와 포르쉐의 보험

회사에서 그의 치료비 전액을 대주기 때문에 치료를 하는 데
에는 전혀 문제가 없었다.

또한 재규어와 포르쉐 운전자들은 소위 돈푼깨나 있는 집
안의 자식들이라서 연달아와 합의를 보기 위해서 돈을 아끼
지 않을 기세였다.

연달아는 병원 10층의 꽤 전망이 좋은 2인 입원실로 옮겨
졌다. 만약 이 병원 특실 중에 빈방이 있었다면 그곳으로 들
어갔을 것이다. 그를 특별 대우하는 것 역시 재규어와 포르쉐
운전자들의 배려다. 합의를 쉽게 이끌어내기 위한 방법의 하
나다.

연달아가 입원실에 눕혀지고 혼자가 된 후에 제일 먼저 찾
아온 사람은 청담사거리에서 두 번째로 연달아를 친 다음에
도망치다가 고방아에게 혼찌검이 났었던 포르쉐 운전자 꽁지
머리청년이었다.

꽁지머리는 입원실에 들어와서는 거두절미하고 무릎을 꿇
더니 잘못했으니 용서해 달라면서 눈물을 펑펑 흘리며 사죄
를 했다.

또한 연달아가 원하는 것은 무엇이든 다 들어줄 테니까 제
발 합의를 해달라고 애원했다. 그러면서 합의금으로 3천만
원을 내겠다고 제의했다.

그가 3천만 원을 내고 재규어 운전자가 같은 금액을 낸다

면 합 6천만 원이다.

이 정도 사고에 그 정도면 조금 많은 듯하면서도 적정 수준이라고 할 수 있다.

꽁지머리는 누군가에게 합의금에 대해서 조언을 들은 것이 분명했다.

연달아는 가끔 눈을 뜨고 천장을 바라보다가 힐끗 꽁지머리를 보거나 아니면 눈을 감고 이것저것 생각했다.

그러나 연달아는 지금 벌어지고 있는 상황을 전혀 이해하지 못했다. 꽁지머리가 도대체 무엇을 잘못했다는 것인지 알 수가 없었다.

그러나 그의 진지한 태도로 미루어 거짓말을 하거나 연달아를 희롱하는 것 같지는 않았다.

그때 문득 연달아는 최 간호사의 말이 생각났다. 그녀는 연달아가 청담사거리에서 교통사고를 당해서 크게 다쳤다고 말했다.

연달아가 알고 있는 ‘교통’ 이라는 것은 성안에서 말이나 수레, 사람 등이 오가는 것을 말한다.

그리고 ‘사고’ 라는 것은 말 그대로 평소하고는 다른 무슨 일이 벌어진 것이다.

그렇기 때문에 ‘교통사고’ 란 거리를 오가다가 무슨 일이 벌어졌다는 뜻일 것이다.

고구려의 평양성이나 오골성에서도 심심치 않게 마차나 수레 사고, 무기 사고, 싸움 사고 같은 것들이 벌어졌었다.

그러니까 꽁지머리가 말하는 교통사고도 그런 종류일 것이라고 짐작했다.

그렇다면 꽁지머리가 교통사고라는 것을 내서 연달아가 다친 것이 분명했다. 그래서 꽁지머리가 울면서 용서해 달라고 빌고 있는 것이다.

고구려에서도 가해자가 피해자에게 위로금으로 돼지나 양, 염소 따위를 주곤 했다.

그리고 필요할 때는 피해자가 만족할 정도의 돈을 주어 사고를 무마하기도 했다.

연달아는 꽁지머리가 말하는 ‘합의’ 니 ‘합의금’ 이니 하는 것을 그런 식으로 해석했다. 꽁지머리는 합의금으로 3천만 원을 주겠다고 했다.

그러나 3천만 원이 어느 정도의 액수인지 연달아는 짐작조차 할 수가 없다.

꽁지머리가 울면서 애원하다가 잠깐 나간 사이에 최 간호사가 들어와서 다짜고짜 연달아의 궁둥이에 긴 바늘을 찌르고 나서 충고하듯이 넌지시 말해주었다.

“연달아 씨는 한 번 죽었다가 소생한 몸이에요. 아직 정확한 진단은 나오지 않았지만 제가 보기에 최소 전치 6개월, 고

도의 중상 이상이에요. 더구나 후유 장애까지 예상되는 사망
이나 다름없는 상태예요. 그런데도 합의금으로 고작 3천만
원만 주겠다는 것은 열흘 삶은 호박에 이빨도 들어가지 않을
헛소리예요.”

연달아는 최 간호사가 자신의 궁둥이를 쓰다듬고는 이불
을 덮어주는 것에 신경이 쓰였다.

최 간호사는 넌지시 시작한 얘기에 제 스스로 흥분하여 목
에 핏대를 세우며 흥분했다.

“게다가 가해자는 강남 땅 부자의 아들이라는 소문이에요.
저 사람들에게 3천만 원은 며칠 술값이라고요. 그러니까 최
소한 몇 억은 달라고 해도 군소리 않고 내놓을 거예요. 아니,
연달아 씨는 아무 말씀도 하지 마시고 그저 가만히 계세요.
그러면 지들이 애가 타서 합의금을 더 올릴 거예요.”

최 간호사는 자기 일이나 되는 듯이 신신당부했다.

“연달아 씨가 합의를 해주지 않으면 가해자는 구속 수감될
거예요. 그러니까 무슨 수를 써서라도 합의를 하려고 매달릴
거구요. 칼자루는 연달아 씨가 쥐고 있다는 사실을 잊어서는
안 돼요.”

“구속 수감?”

최 간호사는 두 손을 모아 수갑을 차는 시늉을 해 보였다.

“감옥에 간다고요.”

"아, 감옥."

연달아는 최 간호사의 말을 어느 정도 알아들을 수 있었다. 꽁지머리의 부친이 부자이기 때문에 합의금을 많이 받아내라는 뜻일 것이다.

또한 연달아가 합의를 해주지 않으면 꽁지머리는 감옥에 간다는 것이다.

하지만 연달아는 상대의 곤란한 처지를 이용해서 거액을 챙기는 짓 따위는 하지 못한다.

그런 치졸하고 비열한 짓은 그의 올곧은 성격이 절대로 용납하지 못하기 때문이다.

최 간호사가 한바탕 열띤 웅변을 토해내고 나간 후에 기다렸다는 듯이 꽁지머리가 들어왔다.

그는 문밖에서 최 간호사가 하는 말을 다 들었다. 듣지 않으려고 해도 최 간호사의 목소리가 너무 컸기 때문에 들을 수밖에 없는 상황이었다.

최 간호사의 말을 다 들은 꽁지머리는 아까 하던 얘기를 조금 바꿨다. 즉, 돈은 얼마든지 줄 테니까 꼭 합의를 해달라는 말을 계속했다. 그리고는 곧 울음을 터뜨릴 것 같은 얼굴로 덧붙였다.

"제가 사고 낸 것을 아버지께서 아시면 전 작살나요. 아니, 집에서 쫓겨난다니까요. 그러니까 제발……."

연달아는 눈을 감고 똑바로 누워 있었다. 온몸에 붕대를 칭칭 감고 팔에는 링거를 꽂은 데다 머리와 가슴에 뭔가를 두르고 또 부착하고 여러 가닥의 선을 모니터와 의료기기에 연결해 놓은 모습이어서 겉으로 보기에는 겨우 숨만 쉬고 있는 산송장 같은 몰골이다.

그런 모습이 꽁지머리를 더욱 불안하게 만들었다. 그는 재산이 너무 많아서 골치인 부친만 믿고 대학 졸업 후에 돈이나 펑펑 쓰면서 방탕한 백수건달 노릇을 하는 중이다.

그가 할 줄 아는 것이라곤 돈 쓰는 일밖에 없다. 재주라고는 계집질이나 도박, 마약 따위가 전부다.

자신의 능력이나 재주가 무엇인지도 모른다. 알아보고 싶지도 않고 그럴 필요도 없다. 다들 돈을 벌기 위해서 아등바등하고 있는데 그는 어마어마한 재산을 소유한 든든한 부친이 있기 때문이다.

그러니 부친으로부터의 돈줄이 끊어지면 길바닥에 나앉을 수밖에 없고, 그러면 그날로 죽는 것이라고 생각하는 못난 신세인 것이다.

꽁지머리는 지난날에 이런저런 잡다한 사고를 많이 냈고, 부친은 하나밖에 없는 아들의 뒤를 따라다니면서 그런 것들을 일일이 다 해결해 주었다.

그리고는 참다못한 부친이 얼마 전에 최후의 결단을 내렸다. 한 번만 더 사고를 치면 부자의 인연을 끊겠다고 말이다. 그러니 꽁지머리가 결사적일 수밖에 없는 것이다.

연달아가 이따금씩 눈을 뜨고 멍한 눈으로 천장을 한동안 바라보지 않았다면 꽁지머리는 그가 식물인간이 된 것이라고 생각했을 것이다. 그랬다면 이렇게 눈물바람이 되도록 빌지도 않았을 것이다.

연달아는 꽁지머리에게 한마디도 하지 않았다. 딱히 할 말도 없지만 말 하는 것이 귀찮기 때문이다.

"흑흑흑… 용서해 주세요. 네?"

꽁지머리는 두 손을 앞에 모은 채 계속 흐느꼈다. 그 모습을 보면 포르쉐를 몰고 청담사거리를 폭주하던 불량 청년이라고는 생각되지 않았다.

그는 뉘우치고 있는 것이 아니라 부친에게 쫓겨나게 될 것을 걱정하고 있는 것이다.

척!

그때 최 간호사가 다시 들어왔다. 사실 그녀는 가지 않고 문밖에서 꽁지머리의 하소연을 다 듣고 있다가 열 받아서 들어온 것이다.

그녀는 연달아가 누워 있는 침대로 똑바로 걸어가다가 곁눈질로 꽁지머리를 힐끗 쳐다보았다.

그녀의 눈에서 경멸과 분노가 번갯불처럼 뿜어져 나가 꽁지머리의 온몸을 관통했다.

만약 그녀의 눈빛이 무기라면 꽁지머리는 시체조차 남기지 못하고 갈가리 찢어져서 죽었을 것이다.

최 간호사의 눈빛을 접한 꽁지머리는 비명이라도 지르고 싶은 심정으로 급히 고개를 숙였다.

최 간호사는 연달아가 당한 교통사고의 개요에 대해서 대충 알고 있다.

그녀는 사람을 이 지경으로 만들어놓고서도 대충 돈으로 해결하려는 꽁지머리 같은 인간이 정말 싫었다.

그녀는 벌레나 뱀을 극도로 싫어하지만, 꽁지머리 같은 인간은 그것들보다 더 싫었다.

최 간호사가 보기에 연달아는 사극 드라마의 엑스트라인 것 같았다.

응급실에 실려 들어왔을 때 그가 입고 있던 너덜너덜한 복장과 손에 쥐고 있던 칼 때문에 그렇게 생각했다.

대한민국 국민 중에서 사극 드라마에 출현하는 엑스트라의 삶이라는 것이 얼마나 구차한지에 대해서 모르는 사람은 거의 없을 것이다.

그래서 최 간호사는 연달아에게 한없는 연민을, 그리고 꽁지머리에게는 끝없는 분노와 경멸을 느끼고 있다.

말하자면 그녀는 정의감에 불타는 간호사다. 뭘 바라고 연달아를 도우려는 것이 아니라, 그가 합의금을 한 푼이라도 더 받아서 졸지에 형편이 나아지기를 바라는 순수한 마음을 갖고 있는 것이다.

확!

최 간호사는 눈을 감은 채 누워 있는 연달아의 침대로 다가오자마자 다짜고짜 이불을 젖혔다.

그러자 연달아의 알몸이 고스란히 드러났다. 아니, 그의 알몸은 거의 보이지 않았다. 온몸에 붕대를 칭칭 감아놨기 때문이다.

그 바람에 연달아는 놀라서 눈을 번쩍 떴다. 그가 상체를 일으키려는데 최 간호사가 그의 이마에 손을 짚고는 지그시 눌렀다.

일어나지 말라는 뜻이다. 그래서 연달아는 무슨 뜻인지도 모르고 그대로 따랐다.

"거기, 일어나서 이거 보세요."

최 간호사는 꽁지머리를 굽어보며 차갑게 말했다.

"네?"

"냉큼 일어나서 이 사람 몰골을 좀 보라구요!"

정의파인데다 다혈질인 최 간호사는 자신도 모르게 빽 날카로운 소리를 질렀다.

그런데 꽁지머리가 엉거주춤 일어서고 있을 때 병실 문이

벌컥 열리며 나이가 좀 들어 보이는 중년의 간호사가 엄한 표
정을 지으며 들어왔다.

그녀를 본 최 간호사는 화들짝 놀라서 동작을 뚝 그치며 버
썩 얼어붙었다.

"간호부장님……."

"바빠서 화장실 갈 틈도 없는 응급실 간호사가 도대체 입
원실에서 뭘 하고 있는 거지?"

"저는……."

중년 간호사, 즉 간호부장은 눈을 감고 있는 연달아의 몸에
시트를 덮어주며 목소리를 낮추었다.

"이 환자가 중환자라는 사실을 잊은 거야? 어디에서 고함
을 막 질러?"

"죄송합니다. 제가 흥분해서……."

간호부장은 손가락으로 최 간호사의 유방을 쿡쿡 찔렀다.

"최 간호사가 왜 흥분을 해? 이 환자 보호자야? 애인이라도
돼? 응? 말해봐."

최 간호사는 찍소리도 못하고 연신 잘못했다고 고개를 숙
이면서 방을 나갔다.

간호부장은 꽁지머리도 그냥 내버려 두지 않았다.

"당신은 뭔가요?"

"나는……."

“지금 합의가 중요한가요, 아니면 이 사람 목숨이 중요한가요? 대체 당신 같은 사람들은 무슨 생각을 하는 거죠?”

간호부장의 시퍼런 서슬에 놀란 꽁지머리는 슬금슬금 뒷걸음질 쳐서 부리나케 병실을 나가 버렸다.

이윽고 혼자 남게 된 연달아는 조금 더 누워 있다가 상체를 일으켜서 앉아 천천히 병실 안을 둘러보았다.

실내는 아담하면서도 매우 깨끗했다. 그리고 병실 문 말고 안쪽에 또 하나의 문이 있는데 그 안에는 뭐가 있는지 알 수가 없다.

연달아는 이번에는 침대의 반대쪽, 그러니까 오른쪽으로 고개를 돌렸다.

거기에는 그가 처음 보는 커다란 창문이 있었다. 침대에서 1.5미터 정도 거리다.

한쪽 벽면을 투명하고 커다란 유리창이 다 차지하고 있어서 그로서는 매우 놀랄 만한 일이다.

이렇게 큰 유리를 본 적이 없기 때문이다. 고구려에도 서역에서 들어온 유리가 있기 했지만 장신구 따위로 쓰이는 작은 것뿐이었다.

“아……!”

그런데 그 커다란 창문 밖에 그로서는 경악할 수밖에 없는 엄청난 광경이 펼쳐져 있어서 부지중 탄성이 흘러나왔다.

서울에서도 번화하기로 손꼽히는 강남의 전경이 창문을 통해서 한눈에 내다보이고 있었다.

연달아는 몸이 석상처럼 굳어진 채 눈도 깜빡이지 않고 창 밖에 시선을 고정시켰다. 그는 태어나서 이처럼 어마어마한 광경을 처음 보았다.

그는 고구려의 옛 도읍이었던 국내성에도 가보았고 현재의 도읍인 평양성은 고향이며 또 어린 시절을 보냈다.

그 당시에는 국내성이나 평양성이 세상에서 가장 웅장하고 번화할 것이라고 생각했고, 또 그게 사실이다.

당나라 사람이나 신라, 백제인들이 평양성에 와보고는 그 웅장한 규모에 벌린 입을 다물지 못했었다.

그러나 지금 연달아가 바라보고 있는 광경에 비하면 국내성과 평양성은 초라하기 짝이 없는 규모였다.

"여기는 대체 어디라는 말인가?"

자신도 모르는 사이에 입에서 그런 중얼거림이 흘러나왔다. 그가 보고 있는 광경은 인간들이 사는 곳 같지가 않았다.

그가 침대에서 내려와 창가로 다가가려는데 팔에 꽂은 링거와 머리와 가슴에 연결되어 있는 여러 가닥의 선 때문에 갈 수가 없었다.

그래서 반창고를 뜯고 팔에 꽂은 링거 바늘을 빼버리고 여러 가닥의 선을 잡아 뜯은 후에 창가로 다가갔다.

그는 너무 놀란 나머지 자기가 중상을 입었다는 사실조차
도 잊고 있었다.

창에 두 눈을 바짝 갖다 대고 정신없이 서울 강남의 번화한
전경을 구경하느라 여념이 없었다.

하늘을 찌를 듯이 드높게 솟아오른 수많은 구조물이 무엇
인지 궁금했다.

그는 가장 가까이에 있는 수십 층 높이의 건물을 뚫어지게
주시하다가 무엇인가를 발견하고 눈을 빛냈다.

그 건물에도 여기처럼 창문이 나란히 질서있게 가로세로
로 죽 이어져 있었다.

그리고 그 창문 안에서 많은 사람들이 앉아 있거나 뭔가를
하고 있는 광경이 보였다. 사람이 분명했다.

'사람? 그렇다면 저것이 집이라는 말인가?'

그의 놀라움은 계속 이어졌다. 그가 방금 본 창문 아래쪽과
위쪽 창문 안에도 많은 사람들이 꼬물꼬물 움직이고 있는 것
이 보였다.

그렇다면 가로로 늘어선 창문은 하나의 층이라는 뜻이다.
그는 자신이 지금 보고 있는 건물의 창문이 몇 개인지 아래쪽
부터 꼭대기까지 세어보았다.

그랬더니 무려 56개나 됐다. 그렇다는 것은 저 건물이 56
층이라는 것이며, 각 층마다 사람들이 살고 있다는 뜻이다.

어떻게 건물을 56층이나 지을 수 있는지 불가사의한 일이 아닐 수 없다.

그런데 그 건물 뒤와 양쪽에는 그보다 더 크고 높은 건물들이 즐비하게 늘어서 있었다.

한두 개가 아니다. 창밖에 보이는 거의 모든 건물들이 하늘을 찌를 듯 높이 솟아 있다.

그 건물들 안에도 사람들이 있을 것이라는 생각을 하니 정신이 하나도 없었다.

"이럴 수가……."

이번에는 그의 눈이 천천히 아래쪽으로 향했다. 까마득한 저 아래에 길들이 직선으로 쭉쭉 뻗어 있는데, 그곳으로 게딱지 같은 것들 수천 개가 꾸물거리면서 가거나 오면서 움직이고 있는 광경이 보였다.

그런데 보이는 모든 것이 게딱지들이었다. 셀 수도 없을 정도로 많았다.

시선을 집중해서 자세히 보니까 게딱지 같은 것에 둥근 바퀴가 붙어 있었다. 그래서 어쩌면 저것은 수레일지도 모른다는 생각이 들었다.

그리고 조금 더 자세히 보니 게딱지 안에 사람이 타고 있는 것이 아닌가.

'사람이?

그가 보고 있는 게딱지 안에는 한 가족으로 보이는 사람들이 타고 있었다.

이상한 옷을 입은 부모와 어린 두 아이인데, 아버지인 듯한 남자가 앞쪽에 앉아서 둥근 굴레 같은 것을 두 손으로 붙잡고 이리저리 돌리고 있는 한가한 모습이다.

연달아가 있는 곳에서 그가 보고 있는 게딱지, 즉 차가 있는 곳까지의 거리는 족히 2㎞가 넘어서 아무리 시력이 좋다고 해도 차 안에 타고 있는 사람까지는 보이지 않는 것이 정상이다.

그런데 지금 그의 눈에는 운전하는 남자는 물론이고 뒤에 탄 어린아이 두 명이 티격태격 싸우고 있는 모습까지 손에 잡힐 듯이 또렷하게 잘 보였다.

하지만 그는 눈앞에 벌어지고 있는 놀라운 사실 때문에 자신의 시력이 몹시 좋아졌다는 사실을 미처 깨닫지 못했다.

그는 게딱지들이 줄지어서 달리는 광경을 보며 이해할 수 없는 표정을 지었다.

게딱지 앞에는 소나 말이 묶여 있지 않은데 도대체 무엇이 저렇게 빠른 속도로 게딱지를 끌고 가는 것인지 알 수가 없었다.

'도대체 이곳이 어디라는 말인가?'

머릿속이 엉킨 실타래처럼 복잡해졌으나 그는 정신을 집

중하려고 노력하면서 창밖에 펼쳐진 광경을 하나도 놓치지 않고 꼼꼼하게 살펴보았다.

그는 그렇게 한 시간 이상 창에 매달려 있었다. 그러나 아무리 봐도 자신이 어떤 세상으로 온 것인지 전혀 알아낼 수가 없다. 그의 상상력으로 이해하려는 것은 도저히 무리였다.

그가 창으로부터 시선을 거두려는데 저 멀리에 햇빛에 반짝이는 무엇인가가 보였다.

그것은 수많은 건물들 너머 아스라이 먼 곳에 있는 매우 큰 강이었다. 강의 수면이 햇빛에 반사되어 반짝이고 있는 것이다.

태양이 떠 있는 방향으로 미루어봤을 때 강은 동쪽에서 서쪽으로 흐르고 있었다.

그리고 그 강 위에는 여러 개의 매우 긴 다리들이 놓여 있었으며, 그 위로 조금 전에 봤던 수천 개의 게딱지들이 꼬리를 물고 기어가고 있었다.

'저 강은…….'

언젠가 본 적이 있는 듯한 강 같은데, 주위를 둘러보면 생전 처음 보는 강처럼 여겨졌다. 즉, 강만 보면 눈에 익은데 강 주위의 풍경이 낯설어서 머릿속에 그려지던 어떤 영상이 금세 흩어져 버렸다.

연달아는 착잡한 마음으로 침대로 돌아와 누워서 이것저것 곰곰이 생각에 잠겼다. 뽑은 링거와 떼어낸 전선줄은 그대로 바닥에 흩어져 있었다.

그가 고심하기 시작한 것은 또 다른 문제다. 자신의 거취에 대한 것이다.

지금으로선 그가 다시 고구려로 돌아갈 수 있을지 미지수이다.

아니, 어쩌면 영원히 돌아갈 수 없을지도 모른다는 불길한 생각이 들었다.

정자산 벼랑의 동굴에서 낯선 사내가 연달아를 어떤 여자에게 보내준다고 했을 때 왜 좀 더 강하게 저항하지 않았는지 이제야 후회가 밀려들었다. 하지만 그때는 다른 선택의 여지가 없었다. 당군에게 쫓겨서 생사의 기로에 놓여 있었기 때문이다.

그러나 그는 할 수만 있다면 어떻게 해서든지 다시 고구려로 돌아가고 싶었다.

하지만 방법을 모른다. 고구려로 돌아갈 때까지 며칠이 걸릴 수도 있고 아니면 몇 년이 걸릴지도 모른다. 그러므로 그때까지 그는 이곳 세상에서 살아야만 할 것이다.

최 간호사의 말에 따르면, 그는 교통사고라는 것을 당해서 이곳 병원이라는 곳에서 치료를 받고 있다고 했다.

그러니까 치료가 끝나고 나면 그는 이곳에서 나갈 수밖에 없다는 얘기다.

그렇게 되면 어디로 가야 하는가? 이곳이 어딘지도 모르는 상황에서 그가 머물 곳이 있을 리가 없다. 고구려로 돌아가는 방법을 찾기도 전에 낯선 세상에서 미아가 돼버리고 말 것이다.

그러나 최악의 경우에는 꽁지머리에게 합의금이라는 것을 받아서 어떻게든 해볼 수는 있을 터이다.

고구려에서든 어느 세상이든 돈이라는 것은 생활의 기본이다. 꽁지머리가 합의금 운운하는 것을 보면 이곳 세상에서도 돈이란 중요한 듯하다.

고구려에서도 돈이 없으면 집도 없이 굶어야 하지만, 돈이 넉넉하면 풍족한 생활을 할 수가 있다.

그러니까 합의금이라는 것을 받게 되면 최 간호사에게 도움을 청해서라도 머물 곳 등 의식주를 해결하는 일은 어떻게든 가능할 듯했다.

하지만 그것은 말 그대로 최악의 상황이다. 아직까지는 꽁지머리에게서 합의금을 받고 싶은 마음이 추호도 없다.

'가연공주……'

그때 문득 그는 고방아를 기억해 냈다. 그녀가 이상한 모습으로 변하기는 했지만, 그리고 아주 잠깐 봤을 뿐이지만 보장

태왕의 셋째 따님이고 자신의 정혼녀인 가연공주 고방아가
분명했다.

그 당시에 고방아가 연달아를 알아보지 못한 것은 그가 피
투성이 모습이었기 때문일 것이다.

오골성에 머물다가 당군에게 납치됐던 그녀가 어떻게 해
서 이곳 세상에 있는지는 모르겠지만, 필경 어떤 사연이 있는
것이 분명했다.

'그녀를 다시 만날 수만 있다면……'

연달아는 드디어 실마리를 찾아내고 조금쯤은 안도했다.

정자산 동굴 속에서 만난 낯선 사내는 연달아에게 한 여자
를 보호하라면서, 또 그녀 곁으로 보내주겠다고 말하고 나서
이곳으로 보냈다.

동굴 속 사내의 말은 틀리지 않았다. 연달아는 이곳 세상에
서 정신을 차리는 순간 제일 먼저 고방아를 발견했다. 설마
그 사내가 자신을 고방아에게 보내줄 것이라고는 조금도 예
상하지 못했다.

'그래, 가연공주를 다시 만나서 동굴 속 사내에 대해서, 그
리고 내가 이곳에 오게 된 경위를 설명해 준다면 그녀도 알아
들을 것이다.'

그리고 이제 피투성이 몰골이 아닌 자신을 고방아가 다시
보면 알아볼 것이라고 확신했다.

여태까지 암담하기만 했던 그에게 마침내 서광이 비추는 것 같았다. 하지만 거기에서 또 다른 벽에 부닥쳤다.

'그런데 가연공주를 어떻게 만나지?'

그는 고방아가 어디에서 무엇을 하는 사람인지도, 아니, 그녀에 대해서는 아무것도 모르는 상황이다.

그러므로 그녀가 제 발로 그를 찾아오기 전에는 그녀를 만날 수 있는 방법이 전무하다.

그래서 궁리 끝에 생각해 낸 사람이 최 간호사다. 그녀에게 고방아에 대해서 물어보고 또 찾아달라고 부탁을 해야겠다고 생각했다.

*　　*　　*

강남경찰서 교통과 교통지도계.

청담사거리에서의 교통사고를 처리한 고방아는 박 순경과 일상적인 순찰을 돌고 있다가 직속상관인 교통지도계장의 호출을 받고 강남경찰서로 들어왔다. 그것이 30분 전이다.

그리고 그녀는 장장 30분 동안 교통지도계장에게 호된 꾸지람을 들어야만 했다.

문제의 발단은 그녀가 청담사거리의 교통사고를 처리하는 과정에서 공포탄을 발사했다는 사실 때문이었다.

고방아는 재작년에 경찰대학교를 수석으로 졸업하여 대통령 표창까지 받았다.

더구나 그녀는 경찰대학교 재학 중에 모두들 꿈에서도 원하는 사법시험에 당당히 합격했으며, 경찰 5급 공채에도 합격을 하는 2관왕의 위업을 달성해서 많은 사람들을 놀라게 만들었다.

그 당시의 그녀는 세간의 화제를 불러일으켰으며 특히 경찰에서 주시하는 초엘리트였다.

경찰대학교를 졸업하고 나면 7급 경위로 임관하게 되지만, 5급 공채에 합격하면 사무관 급, 즉 경정의 높은 계급으로 임관한다.

또한 그녀는 사법시험에 합격했기 때문에 검사나 판사로 진로를 잡을 수도 있었다.

하지만 그녀는 경찰을 선택했으며 또한 5급 공채 합격을 반납하여 스스로 7급 경위로 임관하였다.

그녀가 재학 중에 사법시험이나 5급 공채시험을 치른 것은 순전히 자신의 능력을 시험해 보기 위해서였다는 얘기를 해서 또 사람들을 놀라게 했다.

이후 일 년 동안의 순환 보직을 끝낸 고방아가 첫 발령을 받은 곳은 서울지방경찰청 광역수사대였다.

경찰계의 많은 사람들이 그녀가 더 편한, 그리고 엘리트 코스를 밟기를 원했으나 그녀 스스로 최일선인 광역수사대를 선택했던 것이다.

사람들은 엘리트 코스를 포기하고 최일선으로 뛰어든 그녀의 용기에 큰 박수를 보냈고 또 무한한 기대를 품었다.

하지만 그 이후 그녀가 보여준 행동은 세간의 기대를 여지없이 짓밟는 행동들이었다. 아니, 차라리 작태라고 말할 수 있을 정도였다. 그래서 그녀에게 기대를 했던 많은 사람들은 실망을 금치 못했다.

그녀의 튀는 행동 중에서 상관의 명령 불복종은 기본이고 동료들과의 팀워크라는 것은 아예 철저히 무시했으며, 범인에 대한 과격한 대응은 그나마 양념이었다.

그럴 만한 상황이 아닌데도 걸핏하면 총기를 발포해서 범인에게 상처를 입히거나 피의자들을 심문한답시고 두들겨 패서 병신을 만들어놓는 것이 그녀의 일상사가 되었다.

그쯤 되니 그녀가 경찰의 엘리트가 될 것이라고 기대했던 많은 사람들이 실망을 넘어서 고개를 절레절레 젓는 것은 당연지사가 되었다.

경찰대학교 수석 졸업자며 사법시험 합격자, 그리고 경찰 5급 공채 합격자로서 모두의 기대를 한 몸에 모았던 그녀는 사고뭉치 꼴통으로 전락하여 급기야 이곳 강남경찰서 교통과로 전보 발령을 받고 오늘 첫 출근을 했던 것이다.

그런데 오늘 출근 첫날에 또 어김없이 그녀의 전매특허인 총기를 발포했다. 비록 공포탄이라고는 하지만 그것도 엄연한 총기 사용이다.

법이라는 것은 코에 걸면 코걸이 귀에 걸면 귀고리다. 그녀가 한 짓을 누가 어떻게 다루느냐에 따라서 옷을 벗을 수도 있으며, 아니면 따끔한 훈시로 무마될 수도 있는 사안인 것이다.

다행히 이곳 강남경찰서의 교통지도계장은 따끔한, 그리고 장시간의 훈시로 그녀의 공포탄 사건을 덮어주었다.

교통지도계장은 경감이다. 경위인 고방아보다 한 계급 높을 뿐이다.

그러므로 경위에게 꾸중을 하는 교통지도계장은 그다지 마음이 편하지 않았다.

하지만 고방아는 교통지도계장에게 꾸중을 들으면서도 내내 다른 생각에 골몰하고 있었다.

오늘 오전에 청담사거리에서 발생했던 교통사고에 대한 생각이다.

물론 자신의 총기 발포를 반성하는 것은 절대로 아니다. 그녀는 그 행동을 정당한 행동이라고 굳게 믿고 있다. 무슨 수를 써서라도 범인을 검거해야 한다는 것이 그녀의 굳은 신념인 것이다.

다만 그녀는 그 사고의 피해자가 자신을 알아보고 이름까지 불렀던 일이 내내 머리에서 떠나지 않고 있었다.

더구나 피해자는 병원 응급실에서 사망했다. 그러므로 이 미스터리는 영원히 풀리지 않을 가능성이 크다.

하지만 고방아는 땅 짚고 헤엄치기 식의 쉬운 일보다는 불가능한, 즉 미스터리에 더 큰 관심을 갖는 별종 중의 별종인 성격의 소유자다.

더구나 이 미스터리의 주인공이 고방아 자신이기 때문에 더더욱 포기할 수가 없었다.

'그 자식이 대체 어떻게 나를 알고 있는 거야?

교통계장에게 꾸지람을 듣는 내내, 그리고 교통계 자신의 책상으로 돌아와서도 고방아는 그 말만 속으로 수십 번도 더 되뇌는 중이다.

그러다가 문득 연달아가 두 번째로 했던 말이 번쩍 뇌리를 스쳤다.

'가연공주라고?

고방아는 연달아가 자기에게 '가연공주' 라고 말했는지 아니면 다른 누굴 가리키는 것인지 확신하지 못했다. 하지만 조사해 볼 가치는 충분히 있었다.

박 순경은 고방아가 교통계장에게 훈시를 듣고 난 직후부터 다시 순찰 근무를 나가기를 기다리고 있지만, 고방아는 그런 것에는 관심조차 없는 얼굴이다. 지금 그녀의 관심사는 오로지 연달아가 어째서 고방아 자신을 알고 있느냐는 의문뿐이다.

타라락.

고방아는 혹시나 싶어서 컴퓨터 네이버 창에 '가연공주'라고 쳐보았다.

그러자 화면에 가연공주에 대한 내용이 주르르 가득 떴다. 검색 내용이 이렇게 많을 줄은 예상하지 못했기에 그녀는 적잖이 놀랐다.

하지만 화면에 뜬 것들을 하나씩 클릭해서 읽어 내려가던 그녀는 잔뜩 눈살을 찌푸렸다.

화면에 뜬 블로그나 카페 따위들이 사실적인 것들은 전혀 없고 하나같이 쓸데없는 내용으로만 도배가 되어 있었던 것이다.

예를 들면, 자기 딸이나 애인 '가연' 이를 '가연공주' 라고 칭하고는 거기에 대해서 구구절절 일상생활 따위를 시시콜콜 써서 올려놓은 것들 일색이었다.

"빌어먹을 연놈들."

고방아는 화면을 아래로 죽 내리면서 훑어보며 거침없이 욕설을 내뱉었다.

그러다가 '웹 문서' 맨 아래 칸에서 뚝 멈추었다. 그곳에

‘고구려 마지막 공주 가연’ 이라는 제목을 발견하고 눈이 번쩍 뜨였다.

클릭!

이미 앞의 내용들 때문에 실망한 그녀는 이것 역시 별 내용이 아닐 것이라 여겼지만 한편으로는 뭔가 건질 수 있기를 기대하면서 화면에 뜬 글에 시선을 주었다.

고구려의 마지막 황제였던 보장태왕에게는 여덟 명의 아들과 세 명의 딸들이 있었다고 전해진다. 그들 중에서 눈여겨볼 만한 사람이 셋째 딸인 가연공주다. 그녀의 이름은 고방아로서 재색 겸비의 뛰어난 공주였으며…….

‘뭐, 뭐야, 이거……?’

이것 역시 쓸데없는 내용일 것이라고 미리 짐작했던 고방아는 뜻하지 않은 내용에 비딱했던 자세를 똑바로 고쳐 앉으면서 눈을 동그랗게 뜨며 놀랐다.

그녀는 앞부분부터 다시 읽기 시작했으며, 곧이어 잘못 본 것이 아니라는 사실을 깨달았다.

그리고 이 글이 전혀 장난스럽지 않으며 오히려 박식한 역사학자가 여러 자료에 근거하여 올린 글이라는 사실을 느낄 수 있었다.

'가연공주가 보장태왕의 셋째 딸이고 이름이 고방아라고? 이게 무슨 웃기는 시추에이션이냐?'

속으로는 그렇게 중얼거리면서도 그녀는 진한 호기심이 온몸을 휘감는 것을 뿌리치지 못하고 재빨리 다음 글을 읽기 시작했다.

가연공주는 고구려 황족의 전통이며, 조혼 관습에 따라서 6세 때 정혼을 했으며, 상대는 고구려 5부족 중 대막리지 연개소문의 가문인 동부(東部)의 후손 연달아다. 그러나 당시의 고구려는 당나라와 오랜 전쟁 중이었고, 나중에는 신라까지 당나라에 가세하여 연합군을 형성하면서 고구려에 대항하였기에 전쟁은 종국으로 치닫고… (중략)…….

그래서 가연공주와 고방아는 혼인을 뒤로 미룰 수밖에 없었으며, 후일 고구려 멸망 직전에 가연공주는 연달아가 욕살 및 성주로 있는 요동 동남부의 오골성으로 피신, 그곳에서 연달아와 혼인을 하지 않은 상태에서 신혼살림을 하던 중에 마침내 고구려는 멸망하였으며, 그녀는 당나라에 끌려가는 신세가 됐다. 오골성에서 머문 그 몇 달 동안이 가연공주 일생에서 가장 행복했던 시기였다는 기록이 남아 있다. 하지만 그녀의 정혼자인 요동욕살 연달아에 대한 이후의 기록은 전무하다. 다만 고구려 역사상 최고의 무장으로 알려진 요동욕살 전신(戰神), 혹은 요동의 성난 호랑이라고 불렸던 연달아는 가연공주를 구하기 위해서 오골철갑기병 오백 명을 이끌고 당군을 추격하여 싸우던 중에 전사, 혹은 실종된 것으로 전해지고 있다.

"이게 무슨……."
글을 다 읽고 난 고방아의 입에서 어이없는 중얼거림이 흘러나왔다.
자신과 이름이 같은 동명이인이 고구려 시대에 살고 있었다는 사실은 신선한 충격이면서도 쉽게 믿어지지 않았다.
그렇지만 웹 문서에 올린 내용이 허위일 리가 없다. 더구나 실존 인물이었던 보장태왕의 자식 중 한 명인 가연공주에 대한 것이 아닌가.
만약 고방아가 보장태왕의 셋째 딸과 이름이 같지 않았다면 지금처럼 놀라는 일도 없었을 것이다.
또한 청담사거리에서 일어난 교통사고의 피해자가 다 죽어가면서 그녀를 단지 '고방아' 라고만 불렀어도 단지 신기한 일이라고만 치부하고 넘겼을지도 모른다.
그러나 그는 분명히 고방아를 '가연공주' 라고 불렀다. 이 일을 도대체 어떻게 해석해야 한다는 말인가.
그가 고방아를 알아보고 또 '가연공주' 라고 불렀다는 사실은 그가 그녀를 분명하게 알고 있다는 뜻이다. 또한 '가연공주'의 외모가 여자 경찰 고방아하고 닮았다는 얘기다.

어쩌면 그는 스토커일지도 모른다. 그리고 지금 고방아가 읽고 있는 웹 문서의 내용을 알고 있는 사람일 수도 있다.

아니, 그 자신이 웹 문서의 작성자일지도 모르는 일이다. 충분히 가능한 일이다. 고방아는 나름 유명하고 또 미모나 몸매가 받쳐주는 미인이기 때문에 스토커의 대상이 될 수도 있지 않은가.

거기까지 생각하던 고방아는 갑자기 고개를 가로저었다. 청담사거리 교통사고 피해자를 고방아 자신에 대한 스토커라고 하는 것은 다분히 억지스럽다는 생각이 들었다.

그자가 스토커라면 왜 그녀가 근무하고 있는 청담사거리에서, 또 하필이면 그 시간에 사고를 당했는가. 그리고 더 중요한 것은 그가 죽었다는 사실이다.

고방아의 가설대로 하자면 그자는 단지 자신에게 '고방아'라는 이름과 '가연공주'라는 말을 남기기 위해서 그 모든 것을 조작했다는 것인데, 어떤 정신 나간 놈이 제 목숨까지 바쳐가면서 그런 짓을 하겠는가.

고개를 이리저리 꼬면서 생각에 잠겼던 고방아는 마침 더 이상 기다리지 못하고 자신에게 다가오고 있는 박 순경을 발견하고 대뜸 손짓을 해서 불렀다.

"야, 박노현. 그 자식 지문 떴지?"

오늘 처음 파트너가 된 박 순경을, 더구나 나이도 한참 많은 큰오빠 뻘에게 고방아는 거침없이 이름을 불렀다.

순간 박 순경의 얼굴에 보일 듯 말 듯 흐릿한 불쾌함이 떠올랐으나 금세 사라졌다.

그는 현 경찰계의 최대 꼴통, 그리고 막무가내로 부상하고 있는 고방아하고 어떤 식으로든 엮이는 것을 사력을 다해서 경계하고 있다. 그래서 가슴에 참을 인 자를 마구 쓰면서 참고 또 참았다.

"누구 말입니까?"

"누구긴, 청담동 교통사고 피해자 말이야."

"아, 그 사람 지문 떠서 지문감식반에 넘겼습니다만… 왜 그러죠?"

끝에 '왜 그러죠?'라고 물어놓고서 박 순경은 아차 했다. 꼴통하고 엮이는 최대 실수가 질문을 한다는 것이다. 그러면 꼴통이 대답을 할 테고, 그렇게 어영부영 꼴통하고 한 묶음이 돼버릴 수도 있다.

그러나 다행히 고방아는 박 순경의 질문을 묵살했다. 기분 나쁜 일인데도 박 순경은 오히려 그것이 고마웠다.

"결과 언제 나온대?"

"아마… 지금쯤 나왔을 겁니다."

“복사해서 한 부 가져와.”

“네?”

앉아 있는 고방아는 옆에 멀뚱하게 서 있는 박 순경에게 눈을 치떴다.

“안 들려? 지문 감식 결과 갖고 오라고!”

빽 고함을 지르는 바람에 교통과 내의 사람들이 모두 이쪽을 주시했으나 고방아는 눈썹도 까딱하지 않았다. 철저히 안하무인이다.

박 순경은 어눌한 표정을 지었다.

“저는… 지위가 순경이라서 지문 감식 결과를 요구하는 것은 물론이고 열람도 안 됩니다. 경위님께서 직접 가셔서…….”

“내가 갖고 오랬다고 해.”

고방아는 어깨를 들썩이면서 갑자기 목소리를 낮췄다. 박 순경은 그녀를 많이 겪어보지는 않았으나 그녀의 이런 모습이 폭발하기 일보 직전이라는 것을 직감하고 부리나케 지문 감식반으로 달려갔다.

“뭐 이런 엿 같은 경우가 다 있어?”

박 순경이 천신만고 끝에 가져온 지문 감식 결과를 읽고 난 고방아의 첫 반응은 오만상을 찌푸리면서 신경질적으로 내뱉는 것이었다.

그녀는 감식서를 손에 쥐고 와락 인상을 쓰며 박 순경을 쏘아보았다.

"너 이 자식, 지금 나한테 장난하는 거냐?"

박 순경의 이름을 부르는 것으로도 모자라서 이젠 이 자식이라고 거침없이 부른다.

그러나 박 순경은 고방아하고 엮이지 않겠다는 다짐하고는 달리 그녀의 그런 기세에 눌려서 급히 어깨를 움츠렸다.

"자, 장난이라뇨?"

휙!

"이 자식이 어디다 대고…… . 내가 네 친구냐?"

고방아는 감식서를 박 순경 얼굴로 집어 던지며 외쳤다. 여차하면 주먹이 튀어나올 기세다.

바짝 얼어붙은 박 순경은 급히 뒤로 두 걸음 물러나서 엉거주춤 감식서를 읽었다.

성명:연달아(淵達雅).

생년월일:1988년 10월 15일.

본적:부산광역시 해운대구 우1동 277번지 무지개집.

주소:서울특별시 송파구 방이 2동 호수그린빌 303호.

병역:육군 병장 전역.

박 순경은 감식서를 들고 거의 울 것 같은 표정으로 고방아를 쳐다보았다.

"이게 뭐 어때서요?"

여차하면 튈 폼이다.

"이 자식이……."

고방아는 벌떡 일어섰다가 무슨 생각에선지 박 순경 손에서 감식서를 낚아채고는 큰 걸음으로 밖을 향해 성큼성큼 걸어갔다.

"휴우……."

감식서를 읽은 고방아는 박 순경이 장난질을 했을 것이라고 반사적으로 생각했다.

하지만 박 순경은 오늘 처음 고방아의 파트너가 된 터라서 그녀에 대해서는 아무것도 모른다.

그렇다고 해서 그가 사전에 그녀에 대해 조사를 했을 것이라는 생각은 더욱 들지 않는다.

그러므로 그가 장난으로 감식서를 허위로 작성했을 리가 없다. 아니, 정말 그랬다면 고방아에게 맞아죽을 텐데, 박 순경에게는 그런 대단한 배짱이 없다는 결론을 얻었다.

강남경찰서 현관을 나서는 고방아의 얼굴이 돌덩이처럼 단단하게 굳었다.

감식서에 적힌 대로라면 청담사거리 교통사고 사망자의 이름이 '연달아' 다.

조금, 아니, 많이 웃기는 이름이다. 고방아도 웃기는 이름 인데 연달아는 더 웃긴다. 아니, 그런 것은 어쨌든 상관없다.

그런데 '연달아' 라는 이름은 고방아가 조금 전에 읽은 웹 문서에 등장하는 보장태왕의 셋째 딸 고방아 가연공주의 정혼자이며 요동욕살인 동시에 오골성주의 이름과 같다.

이름만으로 따진다면 무려 1344년 전의 연인이 2012년 서울 한복판에서 오늘 상봉한 것이다. 그런데 연인 중에 남자가 교통사고로 죽었다.

그는 죽기 직전에 고방아를 '가연공주' 라고 불렀다. 그것 이 대체 무슨 의미란 말인가.

더구나 '연달아' 의 주소라는 것이 환장할 일이다. 송파구 방이 2동 호수그린빌 303호? 거긴 고방아가 현재 살고 있는 원룸 주소지다.

머리가 아프다 못해서 쪼개지고 돌아버릴 지경이다.

그래, 다 좋다 이거다. 백번 양보한다고 쳐도 '연달아' 의 본적지는 도저히 이해할 수가 없다.

부산광역시 해운대구 우1동 277번지 무지개집. 그곳은 고 방아의 본적지다.

무지개집은 보육원이다. 그렇다. 고방아는 고아였다. 아니, 지금도 고아다. 그리고 앞으로도 그녀가 고아라는 사실은 변함이 없을 것이다.

그렇다면 연달아도 무지개집 출신이며 고아라는 뜻이다. 감식서에 나온 내용이 허위일 리가 없다. 그런데 그게 도대체 말이 되지 않는다.

무지개집 출신이라면 고방아가 모르는 사람이 없다. 더구나 1988년생이라면 고방아보다 한 살 많은데 어떻게 모를 수 있겠는가.

고방아가 무지개집에 있을 당시에는 아이들이 50명 남짓 있었고, 지금도 그 정도 수준이다. 많지도 않은 아이들, 더구나 한 살 많은 사람을 모른다는 것은 말이 안 된다. 도대체 연달아는 어떤 놈인가.

그녀의 발걸음이 점점 빨라졌다. 그녀는 자신이 가연공주일 것이라고는 눈곱만큼도 생각하지 않는다.

더구나 연달아하고 어떤 연관이 있을 것이라고는 더더욱 생각하지 않는다.

그러니까 이것은 한마디로 개 같은 일이다. 꿈이라면 빨리 깨어나고 싶다.

잠시 후에 고방아는 정보계에서 나왔다. 박 순경이 가져온 지문 감식 결과가 못 미더워서 자기가 직접 정보계로 와서 확인해 본 것이다.

그런데 확인한 결과 그녀가 읽은 지문 감식 결과는 정확한 것이었다. 즉, 사실이라는 얘기다.

고방아는 강남경찰서 뒷마당에 세워놓은 자신의 애마 할리데이비슨XL1200커스텀에 걸터앉아서 벌써 한 시간째 골똘히 생각에 잠겨 있었다.

그녀를 기다리다가 지친 박 순경은 포기하고 혼자서 근무를 하러 나갔다.

그녀는 한번 생각에 골몰하면 방법이나 해결책을 찾아내야지만 생각을 그만두는 근성을 갖고 있다.

하지만 이 불가사의한 일만큼은 아무리 오랫동안, 그리고 골머리를 쥐어뜯어도 도저히 어떤 방법이나 해결책이 나오지 않았다.

한 시간째 꼼짝도 하지 않던 그녀가 갑자기 기대고 있던 할리에서 훌쩍 바닥으로 뛰어내렸다.

하지만 해결책을 찾은 것이 아니다. 단지 자세를 바꾸려는 것뿐이다.

그녀는 이번에는 뒷짐을 지고 그 자리를 오락가락하면서 계속 생각에 골몰했다.

미스터리의 사내 연달아는 한성대학병원 응급실에서 사망했다. 그러므로 죽어버린 그에게서 이 일에 대해서 알아낼 수는 없는 노릇이다.

　하지만 그는 죽었지만 살아 있는 고방아는 그것 때문에 머리카락이 다 빠질 지경이다.

제4장

전능의 힘

R U N N E R
런너

　　10층 입원실로 옮긴 지 한 시간 반 만에 연달아는 한 가지 놀라운 사실을 깨달았다. 몸이 한 군데도 아프지 않다는 것이다.

　　요동 정자산에서 벼랑에 떨어지기 전에 그는 온몸 수십 군데에 극심한 상처를 입은 상태였다.

　　게다가 최 간호사 말에 의하면 그는 청담사거리라는 곳에서 심한 교통사고를 당해 잠시 동안 숨이 끊어졌을 정도로 위독한 상태였다고 한다.

　　연달아의 상식으로 그 정도 중상을 입고 간신히 목숨을 건

졌다고 하면 최소한 두어 달은 지나야 걸음이라도 걸을 수가
있다.

그런데 놀랍게도 그는 말짱했다. 추호도 고통을 느끼지 않
았다. 최소한 그가 느끼기에는 그랬다.

그러나 그는 아직 자기 몸을 직접 확인해 본 것은 아니다.
온몸이 붕대로 칭칭 감겨 있기 때문에 확인을 하는 것이 쉽지
않았다.

그러나 막상 확인을 해보면 그는 여전히 온몸이 상처투성
이일 것 같았다.

고통을 느끼지 않는 것은 어쩌면 고통이 너무 지나쳐서 몸
이 마비됐기 때문인지도 모른다.

아마도 그럴 가능성이 크다. 자신의 몸 상태는 자신이 더
잘 알지 않겠는가. 다만 고통을 느끼지 않는다는 사실이 다행
일 뿐이다.

"후우……."

그는 눈을 감은 채 긴 한숨을 내쉬었다. 지금은 그게 중요
한 게 아니다. 헤쳐 나가야 할 일이 태산이다.

일단은 무슨 수를 써서라도 한시바삐 고방아를 만나야만
한다. 그는 고방아가 실마리라고 생각했다. 그러므로 이 불가
사의한 일을 그녀로부터 풀어나가야 할 것이다.

그때 문이 열리고 누군가 들어왔다. 하지만 연달아는 눈을

뜨지 않았다.

"앗!"

그런데 들어온 사람이 갑자기 비명을 질렀다. 뾰족한 여자의 외침이다.

병실에 들어선 사람은 연달아를 담당하게 된 간호사다. 침대 바닥에 뽑힌 링거 바늘에서 링거액이 흘러나오고 있으며, 심전도와 뇌파 검사를 위해 부착해 놓은 선까지도 모두 뜯어져서 흩어져 있는 것을 발견하고 놀라서 비명을 지른 것이다.

온몸에 붕대를 감은 중환자가 그랬을 리는 없고, 분명히 누군가 침입자가 그랬을 것이라고 판단한 간호사는 병실 밖으로 달려나가며 사람들에게 소리쳤다.

여러 명의 간호사들이 몰려와서 한바탕 난리를 피운 후에 연달아는 다시 원 상태가 되었다.

총명한 연달아는 이 난리가 자기가 링거 바늘을 뽑고 머리와 가슴에 부착되어 있던 여러 선을 뽑아버렸기 때문에 일어난 것이라고 짐작했다.

그래서 깊이 잠든 것처럼 눈을 감은 채 모든 일이 끝날 때까지 꼼짝도 하지 않았다.

이윽고 간호사들이 다 나간 후 혼자 남은 담당 간호사는 마지막으로 연달아의 팔에 주사를 놔주었다.

중상을 입은 그가 매우 고통스러울 것이기 때문에 진정제를 놔준 것이다.

연달아 같은 교통사고 환자에겐 의례히 진정제를 놔주게 되어 있다.

담당 간호사는 그러고 나서 시트를 걷는가 싶더니 덥석 그의 성기를 잡았다.

난데없이 성기를 붙잡힌 연달아는 움찔 놀라서 눈을 번쩍 뜨고 상체를 일으키려고 하였다. 그런데 눈은 겨우 떠지는데 몸이 움직여지지 않았다.

아니, 눈을 뜨기는 했으나 사물이 흐릿하고 간호사가 둘로 보였다. 그리고 매우 어지럽고 잠이 쏟아졌다.

조금 전에 간호사가 진정제를 놔주어서 마취가 되는 중이다. 그래서 그의 저항은 그저 몸을 움찔거리는 것으로 그쳤다.

그러는 중에도 간호사는 그의 성기를 붙잡고 오줌 구멍, 즉 요도에 뭔가를 쑤셔 넣으려고 씨름을 하고 있었다. 즉, 간호사는 지금 그의 요도에 가느다란 호수를 연결하는 중이었다.

혼수상태인 환자나 중환자는 용변을 볼 수 없으므로 이렇게 하는 것이 당연한 일이다.

하지만 그런 것을 알 리 없는 연달아는 생판 모르는 여자가 자신의 성기를 붙잡고 뭔가를 쑤셔 넣으려고 하자 제정신이 아니었다.

　'이게 무슨……. 안 돼!'

　그는 속으로 버럭 고함을 지르면서 벌떡 몸을 일으켰다.

　그러자 그의 상체가 단숨에 일으켜졌고, 그 바람에 간호사는 화들짝 놀라 그를 쳐다보았다.

　"어멋?"

　연달아는 눈을 부릅뜨고 간호사에게 호통을 치며 그녀를 뿌리쳤다.

　"무슨 짓이오?"

　"앗!"

　쿵!

　간호사는 비틀거리면서 뒤로 물러나다가 그대로 엉덩방아를 찧었다.

　하지만 간호사는 넘어져서 궁둥이가 쪼개지는 아픔을 조금도 느끼지 못했다.

　진정제를 맞은 연달아가 아무렇지도 않게 말하고 또 움직였기 때문에 놀라서 제정신이 아니었다.

　"어… 떻게……."

　"썩 물러가시오!"

　연달아가 눈을 부릅뜨고 호통을 치자 간호사는 깜짝 놀라더니 도망치듯이 병실 밖으로 달려나갔다.

연달아는 물끄러미 자신의 성기를 쳐다보다가 거기에 꽂혀 있는 가느다란 호수를 뽑아서 저만치 집어 던졌다.

이제 보니까 그는 치부에 아무것도 입지 않은 상태였다. 온몸에 붕대를 감고 있는 상태라서 환자복을 입히는 것이 무의미했기 때문이다.

마땅하게 입을 것이 없는 그는 그냥 시트로 몸을 덮고 상체를 일으킨 채 묵묵히 앉아 있었다.

아무리 생각해 봐도 방금 그 여자가 그의 성기를 붙잡고 가느다란 호수를 끼우려던 것이 무엇을 하려는 짓인지 이해할 수가 없었다.

그녀의 복장으로 봐서는 최 간호사의 동료이며 이곳 병원이란 곳에서 일하는 여자인 듯했다.

연달아는 최 간호사에 대한 인상이 좋았기 때문에 방금 전의 간호사도 자신에게 나쁜 짓을 하려던 것은 아니었을 것이라고 생각하며 스스로를 위안했다.

문득 그는 조금 전에 왜 눈이 흐려지고 또 몸이 말을 듣지 않았는지 생각해 보았다. 그리고는 잠시 후에 이유를 짐작하게 되었다.

간호사가 그의 성기를 붙잡기 전에 바늘로 팔을 찌르고 무슨 액체를 몸 안에 주입했는데 그것이 정신을 혼미하게 만드는 것이라는 결론을 내렸다. 그래서 다시는 바늘에 찔리지 말아야겠다고 생각했다.

하지만 그는 심하게 정신을 잃어가는 도중에 어째서 갑자기 정신을 되찾고 또 몸을 움직일 수 있게 되었는지에 대해서는 미처 생각하지 못했다.

그러므로 그것이 정자산 벼랑의 동굴에서 만난 사내가 주었던 전능의 능력 중 일부라는 사실을 그는 아직 깨닫지 못하고 있었다.

그는 이번에 간호사가 오면 그녀에게 최 간호사를 불러달라고 할 생각이다. 최 간호사에게 고방아를 데려다 달라고 부탁하기 위해서다.

어쨌든 고방아를 만나기 전까지는 이곳 병원에 붙어 있어야만 할 것 같았다.

또한 병원을 나가면 어디로 가고 또 무엇을 해야 하는지 막막하기만 한 처지다.

별세계(別世界) 같은 곳에서 그가 믿고 의지할 사람은 오직 고방아뿐이다.

잠시 후에 연달아의 붕대를 갈아주려고 병실에 들어온 간호사는 아까 그에게 오줌주머니를 채워주려다가 혼비백산해서 달아났던 그녀다.

하지만 그녀는 혼자가 아니었다. 이번에는 간호부장하고

함께 왔다.

간호부장은 연달아가 눈을 감은 채 가만히 누워 있는 것을 보고는 간호사에게 조용한 목소리로 말했다.

"민 간호사, 보다시피 이 환자는 움직이지도 못하는 상태야. 이런 환자에게 폴리카테터(소변 줄)조차도 제대로 삽입하지 못한다는 것이 말이나 돼? 민 간호사 지금 몇 년 차인데 그런 것도 못해?"

"간호부장님, 조금 전에 이 환자는……."

"이번에는 제대로 해봐."

민 간호사가 항변을 하려고 하자 간호부장은 고압적인 표정으로 말을 잘랐다.

"그러고 나서 밴디지(붕대) 교체도 해."

"네."

민 간호사는 자신없게 대답하고는 소변 줄과 주머니를 들고 조심스럽게 침대로 다가갔다.

연달아는 웬만하면 그냥 모르는 체 누워 있으려고 했는데 도저히 그럴 만한 상황이 아니다.

그녀들이 말하는 것으로 봐서 또 그의 성기에다가 무슨 짓을 하려는 것 같은데, 가만히 있다가는 또다시 봉변을 당할 것이다.

민 간호사가 시트에 손을 댔을 때 결국 연달아는 벌떡 일어날 수밖에 없었다.

　슥―

　"꺄악!"

　민 간호사보다 간호부장이 더 기겁했다.

　일이 이상한 쪽으로 진행되고 있다.

　연달아는 단지 민 간호사가 성기를 만지지 못하도록 제지하려는 의도였다.

　하지만 그가 벌떡 일어나는 바람에 민 간호사는 물론 간호부장까지 혼비백산했다.

　그녀들은 놀라움을 겨우 억누르면서 연달아에게 자신들이 무엇을 하려는 것인지 변명 아닌 변명을 늘어놓았다.

　하지만 연달아는 용변 정도는 자신이 직접 볼 수 있다면서 서슴없이 침대에서 내려와 움직여 보이기까지 했다.

　그 바람에 민 간호사와 간호부장은 더욱 기겁하고 말았다.

　손가락 하나조차 움직이지 못하는 상태였던 중환자가 아무렇지도 않게 일어나서 움직이고 있으니 기절하지 않은 게 오히려 이상한 일이다.

　결국 간호부장의 호출로 의사들이 또다시 출동했다. 그리고 그들은 연달아를 오랫동안 세심하게 정밀 검사한 후에 하나같이 혀를 내두르며 불신의 표정을 지으면서 검사 결과를 발표했다.

"지금 당장 퇴원해도 될 만큼 완전하게 회복됐습니다."

그렇게 말하는 의사 자신이나 다른 의사들, 그리고 간호사들과 병원 관계자들은 놀라움, 아니, 경악을 금하지 못하는 얼굴들이다.

병실 안에 한동안 무거운 정적이 흘렀다. 다들 눈앞에서 일어난 이 어이없는 일을 믿어야 하는지 어떨지 모르겠다는 표정으로 침대에 누워 있는 연달아를 주시하거나 차트를 읽고 있었다.

"에… 그러니까……."

조금 전에 검사 결과를 설명한 전문의 말고 이번에는 외과교수가 운을 뗐다.

"외과적인 검사 결과는 정상이라는 의미입니다. 그러므로 앞으로 환자 분의 내과적인 검사와 뇌 의학적인 검사, 심혈관 검사 등을 진행하여 정상이라는 결과가 나오면 퇴원해도 될 것 같습니다."

외과의의 총책임자인 외과교수는 연달아를 즉시 퇴원시키고 싶지 않은 듯했다.

수십 년간 의사 생활을 하는 동안 이런 케이스는 처음이기 때문에 연달아에 대해서 좀 더 세밀한 검사, 아니, 연구를 해 보고 싶은 것이다.

차트에 의하면 연달아가 처음 응급실에 실려 왔을 때에는 온몸이 누더기처럼 만신창이에 간과 내장의 파열, 과다 출혈, 심장 쇼크 상태였으며, 집중적인 치료를 받았으나 곧 사망했다고 기록되어 있다.

그런데 잠시 후에 그를 영안실로 옮기는 도중에 기적적으로 소생했다가 빠르게 안정을 회복하여 이곳 10층 입원실로 옮겨졌던 것이다.

거기까지만 해도 믿어지지 않는 일인데, 그 환자가 병원에 실려 온 지 서너 시간 만에 정상적으로 완전히 회복됐다는 사실을 어떻게 이해할 수 있다는 말인가.

여태까지의 일이 정말 사실이라면 이것은 의학계의 커다란 지각 변동을 일으킬 만한 사건이 분명하다고 외과교수는 조심스럽게 예상했다. 그런 의미에서 연달아는 매우 소중한 시험 대상인 것이다.

그때부터 연달아는 정밀 검사를 위해서 이동 침대에 실려 병원 이곳저곳으로 끌려 다녀야 했다.

그는 이동 침대에 실려서 병원 각 층을 다니는 동안 주위를 두리번거리며 열심히 구경했다. 눈에 보이는 모든 것이 신기하고 이상한 것뿐이다.

그는 병원이라는 곳이 이렇게 클 것이라고는 상상도 하지 못했다. 또한 이처럼 많은 사람들이 병원 안에 있는지도 몰랐다.

그는 오후 느지막이 검사가 끝나 10층 병실로 돌아올 수 있
었다.

아니, 오늘의 검사가 끝났다. 내일은 또 다른 검사가 기다
리고 있을 것이다.

한 가지 다행한 일이 있다. 연달아의 부탁으로 응급실의 최
간호사가 그의 담당 간호사가 된 것이다.

병원은 다 나은 환자를 붙잡아두고 있기 때문에 그가 원하
는 것이라면 무엇이든지 들어주려고 했다.

하지만 처음에 연달아가 '최간호사유방'이라는 사람을 불
러달라고 하는 바람에 다들 어리둥절했다.

'도대체 어떻게 된 걸까?

병실에 혼자 남은 연달아는 자신의 온몸 곳곳을 자세히 살
펴보고 나서 속으로 중얼거렸다.

의사들과 간호사들이 그의 주변에 몰려들어서 난리법석을
피울 때나, 그가 이동 침대에 실려서 이곳저곳 돌아다닐 때에
는 자기 몸을 살필 여유가 없었다.

그래서 이제야 자기 몸을 샅샅이 살펴보고 나서 스스로도
크게 놀라고 있는 것이다.

정말이다. 아까 의사들이 말했던 것처럼 그는 완벽하게 완

쾌되었다. 겉으로 보기에도 몸에 상처가 하나도 남아 있지 않았다.

그는 요동 대양하와 정자산에서 당군들과 싸우면서 수십 군데 상처를 입었다. 그 자신이 직접 찔리고 베였는데 그 사실을 모를 리 없다.

그중에서도 옆구리의 깊고도 길게 베인 상처는 매우 심각해서 내장이 흘러나올 정도였다.

그런데 그 상처마저도 치료됐다. 아니, 상처가 어디에 났었는지 모를 정도로 흉터조차 남아 있지 않다.

이것은 절대 꿈이 아니다. 지금 그가 있는 이런 이상한 세상이 꿈이 아니듯이 그의 상처들이 감쪽같이 나은 것 또한 생생한 현실이었다.

'어떻게 이럴 수가 있는 건가?'

그는 속으로 중얼거리면서 냉정해지려고 애쓰며 곰곰이 생각해 보았다.

그는 세상의 모든 일에는 반드시 원인과 과정, 그리고 결과가 있다고 믿는다. 아니, 경험을 통해서 알고 있다.

그러므로 자신의 온몸에 새겨져 있었던 그 많은 상처들이 깨끗이 나은 것에는 반드시 어떤 원인이 있을 것이라고 생각했다.

"아!"

그러다가 문득 그는 무엇인가를 기억해 냈다. 다름이 아니라 정자산 벼랑의 동굴에서 만났던 신비한 사내가 그에게 해 주었던 말이다.

"명심해라. 전능을 갖고 있는 자는 신도 죽일 수 있으며 죽은 자도 살릴 수 있는 능력을 지니고 있다는 사실을. 그 말은 네가 전능을 지니고 있으면 신도 될 수 있고 또 악마도 될 수 있다는 뜻이다."

원래부터 기억력이 뛰어난 연달아는 사내가 했던 말을 하나도 틀리지 않고 또렷이 기억하고 있다. 그는 분명히 그렇게 말했다.

"전능을 갖고 있으면 신도 죽일 수 있고 죽은 자도 살릴 수가 있다고?"

그는 상체를 일으켜 비스듬히 세운 자세로 침대 끝 벽을 뚫어지게 주시하면서 중얼거렸다.

사내에게서 그 말을 들을 때는 아무 생각도 없었다. 믿는다는 마음도 불신의 마음도 생기지 않았다. 그 당시의 상황이 그저 모호했다. 상상을 초월하는 일들이 벌어지고 있었기 때문이다.

동굴에서 만난 사내는 자신의 말을 연달아가 그 자리에서 이해하기를 원하지 않았다. 그런데 연달아는 지금 사내의 말을 기억해 내고 천천히 반추하고 있는 것이다. 그는 이런 것을 원했을 것이다.

전능이란 못하는 것 없이 모든 것을 완벽하게 할 수 있다는 뜻이다. 그런 뜻이라는 것을 연달아도 알고 있다.

사내의 말처럼 신을 죽일 수도 있고 죽은 자도 살릴 수 있다면 '전능'의 능력을 길게 설명할 필요가 없다. 그 말이 바로 '전능'을 가장 잘 설명하고 있다.

연달아는 자신의 몸이 완치된 것이 '전능'의 놀라운 능력이 틀림없다고 확신했다.

그 당시에 '전능'은 사내의 심장에 깊숙이 꽂혀서 밑동만 보였다.

또한 사내는 그 '전능'이 연달아의 것이라고 말했다. 그 증거로 '전능'의 밑동에는 연달아의 성인 '연(淵)'이라고 또렷하게 새겨져 있었다.

그리고 사내는 또 말했다. '묵인자'라는 자가 연달아의 '전능'을 찾아내서 자기의 심장을 찔렀으며, 그것을 뽑을 수 있는 사람은 그 '전능'의 주인인 연달아뿐이라고. 그래서 그 동굴에서 이틀 동안 연달아를 기다렸다고 했다.

연달아는 자신의 오른손을 들어 올려 손바닥을 물끄러미 들여다보았다.

사내의 명령에 따라서 연달아는 오른손을 사내의 심장에 꽂힌 '전능' 의 밑동에 댔다.

그리고 사내가 자신의 지식을 전해주겠다면서 눈을 보라고 말했고, 그다음 순간에 연달아는 어떤 몽환적이면서 괴이한 기분에 휩싸였다.

그리고 깨어난 것이 생전 처음 보는 게딱지 위였다. 그는 피를 흘리면서 죽어가고 있었다.

신비한 능력을 발휘하는 것이 '전능' 의 능력이라면, '전능' 은 지금 그가 갖고 있다는 뜻이다. 하지만 그는 아무것도 지니고 있지 않다. 그 당시에 '전능' 의 밑동을 만졌던 그의 오른손에는 아무것도 없다.

'혹시 '전능' 이란 것은 눈에 보이기도 하고 보이지 않기도 하는 물건인가?

고개를 갸웃거렸다.

'그렇다면 그것을 어떻게 사용하는 것이지?

'전능' 을 자신의 의지에 따라서 사용할 수 있는 것인지, 아니면 저절로 능력이 발휘되는 것인지 알 수 없는 일이다.

연달아는 또 낯선 사내가 자신의 '지식' 을 전해주겠다고 했던 말을 기억한다.

'지식' 을 대체 어떻게 전해줄 수 있으며, 만약 전해주었다면 그 '지식' 은 대체 어디에 있다는 말인가.

'내 머릿속에?'

그는 손으로 머리를 만져보았다. 사내의 '지식'이 자기에게 전해졌다면 필경 머릿속에 들어 있을 것이다. '지식'이 팔다리나 몸뚱이에 있지는 않을 테니까.

연달아는 아까부터 병실 천장을 눈이 시리도록 뚫어지게 주시하는 중이다.

천장의 창 쪽에서 문 쪽까지 두 개 한 쌍씩 두 줄로 나란히 있는 여섯 개의 형광등이 환하게 빛나고 있는 것이 너무나 신기했다.

그가 보기에 천장에서 빛나는 물체는 촛불이나 유등 같은 것이 절대 아니다. 하지만 그것들보다 백 배 이상 밝고 또 전혀 그을음이 없다.

그는 아까 간호사가 천장의 불을 켜는 것을 봤다. 화섭자 같은 것으로 불을 붙이는 것이 아니라 병실 입구 벽에 약간 돌출된 부위를 손으로 만지니까 갑자기 실내가 환하게 밝아졌다.

그래서 그는 그곳으로 가서 돌출된 부위, 즉 스위치를 찾아내고 가만히 만져보았다.

돌출 부위는 나무도 쇠도 아니었다. 이리저리 움직여 보다가 힘을 살짝 주니까 스위치가 아래로 내려갔다.

딸깍!

그리고는 천장의 모든 형광등이 일시에 꺼졌다. 병실 안이 캄캄해졌다. 그래서 그가 스위치를 올리자 다시 실내가 대낮처럼 환해졌다.

딸깍! 딸깍! 딸깍!

그는 몇 번이나 스위치를 올렸다 내렸다 해봤으나 그때마다 형광등이 켜지고 꺼졌다.

불을 붙이지도 않고 손으로 스위치를 까딱거리기만 하는데도 실내가 환해졌다가 캄캄해지기를 반복하다니 아무리 봐도 신기하기 짝이 없다.

그는 스위치가 실내의 불을 켜고 끈다는 사실을 알게 되었다. 하지만 형광등이 어떤 원리로 저토록 환하게 빛을 뿜는 것인지는 끝내 알지 못했다.

연달아가 스위치 놀이를 그만두고 막 침대로 돌아가려고 할 때 최 간호사가 들어왔다.

퇴근 시간이 지났기 때문에 최 간호사는 사복으로 갈아입은 모습이다. 그녀가 온 것은 연달아가 부탁할 것이 있다고 했기 때문이다.

그녀는 약간 높은 굽의 구두를 신고 몸에 찰싹 달라붙는 물 빠진 청바지와 티셔츠를 입은 탓에 몸매가 완연하게 드러난 모습으로 연달아 앞에 다리를 꼬고 앉았다.

최 간호사는 그런대로 봐줄 만한 아담한 몸매다. 그리고 그녀 딴에는 몸매에 꽤 자신을 갖고 있다.

그렇다고 딱히 연달아 앞에서 몸매 자랑을 하려는 것은 아니다. 그녀 나이 또래의 여자들이 늘 하는 식으로 행동하고 있을 뿐이다.

최 간호사는 침대에 앉아 있는 연달아를 바라보며 들어오면서부터 방글방글 미소 짓고 있다.

연달아가 그녀를 담당 간호사로 바꿔달라고 요구한 것이 흐뭇했고, 더구나 그녀를 '최간호사유방' 이라고 불렀다는 사실만 생각하면 자꾸만 웃음이 났다.

연달아는 '한성대학병원' 이라고 적힌 환자복을 입고 침대에 책상다리를 하고 앉아 있었다. 그러나 그는 최 간호사를 똑바로 쳐다보지 못했다.

그녀가 몸에 찰싹 달라붙는 티셔츠와 청바지를 입고 몸매가 고스란히 드러난 모습을 하고 있기 때문에 차마 눈을 어디에 둬야 할지 모르는 것이다. 그의 상식으로는 여자가 몸매를 함부로 드러내서도 안 되고 그것을 뻔히 쳐다봐서도 안 되기 때문이다.

하지만 그의 그런 마음을 알 턱이 없는 최 간호사는 그가 수줍음을 탄다고 생각했다. 오히려 그의 그런 모습이 귀엽다는 생각마저 들었다.

"있잖아요."

다른 곳을 보고 있던 연달아는 최 간호사의 말에 그녀를 쳐다보았다.

하지만 곧 그녀의 그리 크지 않지만 그렇다고 작지도 않은 아담하고 봉긋한 가슴이 시선에 들어오자 얼른 눈을 내리깔았다.

고구려의 여자들에게서 저런 모습은 상상도 하지 못한다. 여자들은 늘 풍성한 옷을 입어서 몸매가 드러나는 것을 방지해야 하는 것이다.

"뭐가 있소?"

그는 아래를 보면서 물었다. 최 간호사가 '있잖아요' 라고 말을 꺼냈기 때문이다.

"네? 뭐가 있다뇨?"

최 간호사의 반문에 연달아는 고개를 들어 의아한 표정을 지으며 다시 그녀를 쳐다보았다.

"방금 있다고 하지 않았소?"

"아……."

최 간호사는 풋! 하고 웃고 나서 재미있다는 듯 말했다.

"그건 처음에 말을 시작할 때 그냥 하는 말이잖아요."

"그렇소?"

연달아는 고개를 끄덕였다. 그러면서 그는 자기가 많은 것을 배워야만 한다고 생각했다.

또한 최 간호사의 모습이나 행동으로 미루어 이곳에선 여자들이 옷차림을 그녀처럼 하고 다니는 것이 보통일지도 모른다고 짐작했다.

그런데 그가 눈을 어디에 둘지 몰라서 전전긍긍한다면 오히려 그것이 이상하게 보일지도 모른다. 그래서 그는 되도록 최 간호사를 똑바로 쳐다보려고 노력했다.

"내 행동이 이상하오?"

최 간호사는 하얀 치아를 드러내며 명랑하게 웃었다.

"하하하! 그래요! 왜 저를 똑바로 쳐다보지 못하고 자꾸만 외면하는 거죠? 저하고 단둘이 있는 것이 부끄러워요?"

그녀는 어쩌면 연달아가 자기를 마음에 들어 하는 것인지도 모른다고 생각했다.

"아니오."

동그랗고 애교가 많은 귀여운 얼굴의 최 간호사는 눈웃음을 지으며 연달아를 똑바로 바라보았다.

"제 이름은 최선아예요."

여자의 이름으로는 '최간호사유방' 이 조금 이상하다고 생각했던 연달아는 고개를 끄덕였다.

"최선아. 알겠소."

"연달아 씨, 제게 부탁할 것이 있다고 했는데 그게 뭐죠?"

연달아는 눈을 빛내며 최선아를 쳐다보았다. 그는 방금 또 한 가지를 알게 된 것 같다. 사람을 부를 때에는 이름 뒤에 '씨' 자를 붙여준다는 사실이다.

연달아는 진지한 표정을 지으며 오늘 자기가 만났던 고방아에 대해서 아는 대로 열심히 설명했고, 그녀를 이곳으로 데려와 달라고 부탁했다.

고방아에 대한 충분하지 않은 설명을 모두 듣고 난 최선아는 별일 아니라는 듯 고개를 끄덕였다.

"연달아 씨가 만나려는 사람은 아까 낮에 연달아 씨 교통사고를 담당했던 여경인 것 같군요."

"여경이 무엇이오?"

최선아는 뭐가 우스운지 또 하얀 이를 드러내고 웃었다.

"호호호! 여경이 여자 경찰이지 뭐예요."

그녀는 연달아가 말장난을 하는 것이라고 생각했다. 대한민국에서 여자 경찰이 무엇인지 모르는 사람은 없다. 그래서 최선아는 그가 자기에게 호감을 갖고 있는 것이 틀림없다고 확신하게 되었다.

"전화로 하든 제가 직접 찾아가든 꼭 그녀에게 연달아 씨의 말을 전해줄게요. 그럼 내일 아침에 봐요. 바이."

그녀는 연달아가 고방아를 만나려고 하는 것이 교통사고

에 대한 일 때문일 것이라고 대수롭지 않게 짐작했다.

그녀는 자신 있게 말하면서 환하게 웃으며 병실을 나갔다.

잠시 후에 연달아는 흰옷을 입고 흰 모자를 쓴 나이가 좀 들어 보이는 여자가 평평한 배식판에 갖다 준 밥을 침대에 앉아서 먹었다.

그러고 보니까 백암성을 구하러 달려갔다가 돌아오는 길에 벌판에서 오골철갑기병들과 밥을 먹은 이후로는 아무것도 먹지 않았다.

그런데 배식판의 밥그릇이 매우 작았으며 따라서 밥도 지나칠 정도로 적었다.

고구려에서는 어린아이도 한 끼에 이것보다 훨씬 많은 밥을 먹는다.

하얀 쌀밥인데 연달아가 두 숟가락 뜨고 나니까 바닥을 드러냈다.

먹지 않았을 때는 몰랐는데 일단 음식이 입에 들어가고 또 그것이 턱없이 모자라니까 배가 많이 고팠다.

연달아는 밤이 되자 창밖의 풍경이 딴 세상으로 변한다는 사실을 알게 되었다.

그는 창밖의 휘황찬란한 야경을 보면서 놀라움과 감탄을

금치 못했다.

　마치 밤하늘의 모든 별을 지상으로 끌어내린 듯한 굉장한 광경이다.

　너무나 신기하고 또 아름다워서 그는 창가에 붙어서 시간 가는 줄 모르고 구경하느라 여념이 없었다.

　그것은 오골성에서 가연공주와 함께 밤하늘을 바라봤을 때와 비슷한 광경이었다.

제5장

기적

RUNNER
런너

　한밤중에 병실 바깥이 떠들썩하더니 연달아의 병실로 이동 침대 하나가 들어왔다.

　연달아는 문을 등지고 창을 향해서 침대에 옆으로 누워 창밖의 야경을 바라보고 있었다.

　머릿속은 많은 생각으로 가득 차 있었고, 자기가 있는 이 세상에 대해서 아무것도 모른다는 사실 때문에 답답해서 숨을 쉬기조차 어려울 정도였다.

　창밖의 야경을 좀 더 잘 보기 위해서 병실의 불을 꺼두었는데 이동 침대가 들어오면서 누군가 불을 켰다.

실내가 환해졌는데도 연달아는 뒤돌아보지 않고 움직이지도 않았다. 귀찮다기보다는 머릿속이 복잡해서였다.

그의 등 뒤에서 여러 사람이 부산하게 움직이는 소리가 한동안 나더니 이윽고 불이 꺼지면서 조용해졌다.

그래서 연달아는 사람들이 모두 나가고 얼마 전처럼 병실에 자기 혼자만 남아 있을 것이라고 생각했다.

그런데 잠시 후에 그는 매우 미약한 숨소리가 등 뒤에서 들려오고 있는 것을 느꼈다.

또한 끊어질 듯 이어지는 괴로운 숨소리만 듣고서도 그 사람이 몹시 아프다는 사실을 짐작했다.

그가 일어나 앉아서 돌아보니까 얼마 전까지만 해도 비어 있던 옆 침대에 한 사람이 누워 있는 모습이 보였다.

병실 안은 아까처럼 캄캄하지는 않았다. 새로 들어온 사람 머리맡에 놓인 갓스탠드의 불을 켜놓았기 때문이다. 그래서 그는 천장의 불 말고도 머리맡 탁자에 조그만 불이 있다는 사실을 알게 되었다. 조그만 불, 즉 갓스탠드는 그의 침대 머리맡 탁자에도 있었다.

연달아는 그쪽 침대에 누워 있는 사람을 발견하고는 뜻밖이라는 표정을 지었다.

그 사람은, 아니, 여자는 소녀였다. 연달아가 보기에 그녀는 열일곱 살이나 열여덟 살쯤 됐을 듯했다.

연달아하고 같은 환자복을 입고 가슴까지 이불을 덮고 있으며, 긴 머리카락에 매우 창백한 얼굴이다. 너무 창백해서 파리하게 보일 정도다.

그런데 그 소녀는 눈이 부실 정도로 매우 아름다웠다. 눈을 꼭 감고 있는데 길고도 우아한 속눈썹이 무척이나 슬프게 보였다.

"하아… 하아아……."

소녀는 잠을 자는지 혼수상태인지 모르지만 미약하면서도 가쁜 숨을 쉬고 있었다. 숨을 쉴 때마다 이불에 덮인 봉긋한 가슴이 오르락내리락했다.

연달아는 문득 소녀가 가련하다는 생각이 들었다. 그가 보기에 소녀는 중병에 걸린 것이 분명했다. 저렇게 힘겨워하는 것을 보니까 절로 연민의 정이 느껴졌다.

우르릉! 꽈꽈꽝!

연달아는 요란한 소리에 잠에서 깼다. 야경을 보고 있다가 어느새 잠이 들었던 모양이다.

눈을 뜨자 창밖의 야경이 보였다. 하지만 아까 봤던 광경과는 사뭇 달라졌다.

건물들의 불이 많이 꺼졌고, 또 창밖에는 거센 장대비가 쏟아지면서 요란하게 천둥번개가 치고 있었다.

타다다닥.

빗줄기가 커다란 창을 콩 볶듯이 두들기고 있었다.

"흑흑흑……."

그런데 등 뒤에서 나직한 울음소리가 들렸다. 그래서 이 방에 자기 말고 소녀가 있다는 사실과 그것이 소녀의 울음소리라는 것을 즉시 알아차렸다.

연달아는 그녀에게 무슨 일이 생겼다고 반사적으로 직감하여 급히 벌떡 일어나 돌아보았다.

"흑흑흑……."

소녀는 이불을 머리까지 뒤집어쓴 채 울고 있는데 바들바들 떨고 있었다.

그 모습을 보는 순간 연달아는 그녀가 왜 울고 있는지 알아차렸다.

고구려에서도 이렇게 한밤중에 천둥번개가 치고 장대비가 쏟아지면 여자들이 많이 무서워했다. 하물며 이런 곳에 혼자 있는 어린 소녀야 오죽하겠는가.

연달아는 막내 여동생 같은 소녀가 저렇게 울다가 잘못되기라도 할까 봐 걱정이 됐다.

"무서우냐?"

그가 조용한 목소리로 묻자 울음소리가 뚝 그쳤다. 그리고는 이불이 살짝 내려가고 눈물범벅인 소녀의 얼굴이 환하게 나타났다.

　그녀는 처음에 봤을 때보다 더 해쓱한 얼굴과 잔뜩 겁에 질린 표정으로 연달아를 바라보았다. 연달아가 짐작했던 것보다 더욱 무서워하고 있는 것이 분명했다.

　소녀는 계속 눈물을 흘리면서 얼굴만 돌려 연달아를 보며 고개를 끄덕였다.

　연달아는 저토록 어린 소녀가 중병에 걸려 병원에서 혼자 자다가 한밤중에 천둥번개 때문에 무서워하는 모습이 너무도 가련했다.

　소녀는 인자한 표정으로 자신을 바라보고 있는 연달아를 보고는 조금 마음이 놓이는 듯한 표정을 지었다.

　사실 그녀는 아까 정신이 들었다가 병실에서 낯선 남자와 단둘이 있다는 사실을 알고는 조금 두려운 마음이 들었었다.

　원래 병원에서는 입원실에 남자는 남자끼리 여자는 여자끼리 분리하는 것이 방침이다.

　하지만 지난밤에는 입원실이 특실이나 2인실이 만원이고 이 방만 딱 하나가 남아 있었다.

　소녀의 보호자는 자기 딸이 여러 환자가 우글거리는 병실에 있는 것을 원하지 않았다.

　그래서 빈방이 나는 즉시 옮기기로 하고 임시방편으로 소녀를 이 병실에서 재운 것이다.

소녀는 막상 연달아를 보고 나니까 두려운 마음이 씻은 듯이 사라졌다. 두렵기는커녕 이제는 그에게 의지하고픈 마음이 샘솟았다.

소녀가 보기에 연달아는 듬직할 뿐만 아니라 매우 자상할 것 같았다.

그렇다면 소녀는 다른 사람들이 갖고 있지 않은 심미안(審美眼) 같은 것을 지니고 있는 것이 분명했다.

연달아는 잘생긴 용모지만 원래 도통 웃지 않는데다 무뚝뚝하고 엄숙한 표정이어서 여자들만이 아니라 남자들조차도 그를 보면 위압감을 느끼기 일쑤였다.

하지만 그의 내심은 어느 누구보다도 따뜻하고 여리며 또한 순수했다.

소녀는 연달아를 보는 순간 위압감이나 무서워하기보다는 그의 진가를 단번에 느꼈으니, 그녀에겐 사람의 내심을 들여다보는 심미안이 있는 것이 분명했다.

꽈꽈꽈꽝!

"꺄악!"

그때 또다시 귀를 먹먹하게 하는 천둥소리가 터지자 소녀는 두 손으로 얼굴을 가리며 날카로운 비명을 터뜨렸다.

연달아는 그런 광경을 보면서 안쓰러운 표정을 지었으나 자신이 도와줄 방법이 없어서 그저 바라보기만 할 뿐이다.

그런데 잠시 후에 소녀가 두 손을 얼굴에서 떼고 나서 연달아를 바라보는데 그녀의 눈물 젖은 눈이 무엇인가를 간절하게 원하고 있는 것 같았다.

"내가 무엇을 해주기를 원하느냐?"

연달아가 부드러운 목소리로 묻자 소녀는 보일 듯 말 듯 고개를 끄덕였다.

연달아는 빙그레 미소 지었다.

"말해봐라."

번쩍—

그때 또다시 번개가 치자 실내가 새파랗게 환해졌다.

순간 소녀는 놀랍도록 빠른 동작으로 자기 침대에서 나와 쏜살같이 연달아에게 와서 이불 속으로 쏙 들어왔다.

꽈드드등!

"악!"

그때 귀를 먹먹하게 하는 천둥소리가 터지자 소녀는 비명을 지르며 연달아의 품속으로 파고들었다. 그러나 비명 소리가 조금 전보다는 작았다. 연달아의 품속이라서 덜 무섭기 때문이다.

소녀는 자기가 원하는 것을 말로 하지 않고 행동으로 보여주었다. 천둥번개가 무서우니까 연달아의 품속이 필요했던 것이다.

“하아아… 하아아…….”

중환자인 그녀는 자기 침대에서 연달아의 침대까지 겨우 2미터 남짓인데 재빠른 동작으로 온 것만으로도 매우 힘든지 거칠게 숨을 몰아쉬며 오들오들 몸을 떨었다.

소녀는 연달아와 마주 보고 누운 자세에서 팔로 그의 허리를 꼭 끌어안고 빠짝 몸을 밀착시켰다.

그녀의 가쁜 숨소리와 미친 듯이 콩닥거리는 심장 소리가 연달아를 불안하게 만들었다.

“괜찮니?”

“아아, 이제 한결 나아졌어요.”

연달아는 처음 느끼는 매우 싱그러운 향기가 소녀에게서 나는 것을 느꼈다.

머리카락과 몸에서 나는 향기가 각기 달랐지만 둘 다 기분을 좋게 만드는 것 같았다.

소녀는 한동안 연달아의 가슴에 얼굴을 묻고 있다가 이윽고 고개를 들고 그를 말끄러미 올려다보며 애원하는 듯한 표정을 지었다.

“저…….”

“뭐냐?”

“오늘 밤에 이렇게 자면 안 될까요?”

연달아는 빙그레 미소 지었다.

"그러려무나."

"헤에, 고마워요."

소녀가 금세 새하얀 얼굴에 해사한 미소를 짓는 모습이 너무나 귀엽고 예뻤다.

소녀는 문득 연달아의 허리에 감은 팔을 풀지 않은 상태에서 상체를 약간 멀찍이 떨어뜨리고 그를 보며 묘한 표정을 지었다.

"저… 누군지 아시겠어요?"

연달아는 의아한 표정을 지었다.

"네가 누구냐?"

"저 몰라요?"

연달아는 처음 보는 소녀의 물음을 이해하지 못했다.

"알아야 하느냐?"

소녀는 눈을 가늘게 뜨고 배시시 미소 지었다.

"화장을 하지 않아서 그렇구나. 지금 생얼이라서요."

"생얼?"

연달아는 소녀가 하는 말을 갈수록 알아듣지 못했다.

사실 소녀는 대한민국 초등학생에서부터 성인 남녀에 이르기까지 전 국민이 가장 사랑하는 연예인 1위다. 즉, 현재 대한민국의 아이콘으로 떠오른 신세대 아이돌인 것이다.

본업은 가수지만 TV 드라마에도 몇 편 출연했고 영화도 한

편 찍었다.

그녀가 발표하는 노래들은 하나같이 공전의 메가 히트를 기록했으며, TV 드라마는 여태까지의 최고의 시청률 기록을 갈아치웠고, 딱 한 편 찍은 영화 '좋은 날'은 1,500만 관객 동원의 기염을 토했다.

소녀는 그 모든 것을 데뷔 1년 만에 이루었다. 하지만 그게 끝이 아니었다. 그녀는 현재도 가파른 상승세를 타고 있으며, 해외에서까지 그녀에게 뜨거운 러브콜을 보내고 있을 정도다.

그렇기 때문에 대한민국 사람치고, 더구나 연달아 같은 청년이 소녀를 알아보지 못한다는 것은 말이 안 되는 일이다.

하지만 소녀는 그가 자신을 알아보지 못하는 것에 대해서 별로 신경 쓰지 않았다.

"몇 살이에요?"

소녀는 다시 얼굴을 연달아의 가슴에 묻고 품으로 조금 더 깊게 파고들면서 당돌하게 물었다. 하지만 연달아는 개의치 않았다.

"스물네 살이다."

"저는 열일곱 살이에요."

말을 할 때마다 그녀의 입술이 닿아 있는 연달아의 목이 입김 때문에 뜨거웠다.

"그렇구나."

“제 이름은 아랑이에요. 서아랑. 오빠는요?”

소녀 서아랑은 스스럼없이 연달아를 오빠라고 불렀다. 하지만 원래 그녀는 숫기가 없고 매정하며 붙임성이 없다고 늘 엄마가 걱정을 달고 살았다. 그녀가 이렇게 다정다감하게 구는 것은 사실 그녀 자신도 놀랄 정도로 드문, 아니, 아예 없었던 일이다.

“연달아.”

“이제부터 달아 오빠라고 부를게요.”

보통 사람들은 ‘연달아’라는 이름을 들으면 재미있다고 웃는데 아랑은 전혀 그러지 않았다.

“그래.”

그런데 갑자기 많은 말을 해서인지 아랑은 몸을 바들바들 떨면서 가쁘게 숨을 몰아쉬었다. 그 바람에 연달아의 가슴팍이 축축하게 젖었고 또 뜨거워졌다.

연달이는 안쓰러운 마음이 들어서 아랑의 등을 부드럽게 쓰다듬어 주었다.

한 겹 얇은 환자복 사이로 전해지는 아랑의 등허리는 매우 가냘프고 아기처럼 부드러웠다.

“무슨 병에 걸렸느냐?”

연달아가 나직하게 묻자 아랑은 조금 더 숨을 몰아쉬다가 작은 목소리로 대답했다.

"악성뇌종양이에요."

연달아로서는 난생처음 들어보는 병명이다.

그는 아랑이 갑자기 몸을 바르르 떠는 것을 느꼈다. 그리고 곧 그녀가 몸을 떨며 낮게 흐느꼈다.

"저… 두 달밖에 살지 못한대요."

"……."

그녀는 아까 응급실에 실려 와서 얼마 지나지 않았을 때 정신이 조금 들었었다.

그래서 의사들이 그녀의 보호자로 따라온 매니저하고 나누는 대화를 들었던 것이다.

아랑의 말을 듣고 연달아는 아무 생각도 나지 않고 그냥 가슴이 먹먹해졌다.

악성뇌종양이 무엇인지는 모르지만, 이 어린 소녀가 앞으로 두 달밖에 살지 못하고 짧은 생을 마감해야 한다는 사실이 믿어지지 않았다.

아랑이 처음 만난 연달아에게 거짓말을 할 리는 없다. 아니, 연달아는 상대를 잘 믿는 편이다.

그런데 연달아 가슴에 얼굴을 묻고 있는 아랑이 아무 말도 하지 않았다. 움직임도 없고 죽은 듯이 가만히 있었다.

연달아는 조심스럽게 그녀의 얼굴을 품에서 떼어내고 가만히 굽어보았다.

그녀는 파리한 얼굴에 눈가에는 눈물이 맺혀 있는데 깊이 잠이 든 것 같았다.

하지만 연달아는 아랑이 잠든 것이 아니라 기절했다는 사실을 직감했다.

잠이 든 숨소리는 규칙적인데 지금 아랑의 숨소리는 매우 불규칙하고 몸이 뜨거웠다.

이럴 때는 간호사나 의사를 불러야 하는데 그런 것을 알 리 없는 연달아다.

그는 마음이 짠했으나 아랑을 위해서 해줄 것이 없어서 그저 등만 부드럽게 쓰다듬어 주었다.

누군가 병실에 들어오는 소리 때문에 연달아는 두 번째로 잠이 깼다.

품속에는 여전히 아랑이 안겨 있다. 연달아는 반사적으로 아랑의 숨소리부터 확인해 보았다.

다행히 고른 숨소리였다. 그녀는 곤하게 자고 있었다. 그는 아랑이 불편할까 봐 처음에 그녀를 안은 자세 그대로 조금도 움직이지 않고 있다가 잠이 들었다.

그는 아랑의 상태를 확인한 다음에야 병실에 들어온 사람이 누군지 움직이지 않은 채 쳐다보았다.

그는 창을 등지고 문 쪽을 향해 옆으로 누워 있었기 때문에 눈을 뜨고 쳐다보는 것만으로 들어온 사람이 누군지 알 수가 있다.

병실에 들어온 사람은 두 명의 여자인데 앞에 있는 여자가 뒤돌아보지 않고 뒤에 있는 여자에게 그만 나가보라고 손짓했다.

뒤에 있는 여자는 간호사 같지 않았다. 두툼한 상의를 입고 안경을 쓴 수더분한 모습의 여자는 앞선 여자에게 공손히 허리를 굽혀 보이고는 문을 닫고 나갔다.

혼자 남은 여자는 후리후리하고 약간 마른 듯한 체구에 갈색의 고급스러운 레인코트를 입었으며 머리를 멋있게 틀어 올렸고 역시 갈색의 하이힐을 신은 30대 중반의 매우 아름다운 여인이었다.

머리와 어깨가 약간 비에 젖은 모습이 그녀를 청초하고 우아하게 보이도록 해주었다.

연달아는 그녀를 보는 순간 아랑의 언니일 것이라고 짐작했다. 그녀는 아랑하고 많이 닮은 모습이다.

여인은 급히 뛰어왔는지 얼굴이 붉게 상기되었고 가쁜 숨을 몰아쉰 채 빠르게 병실 안을 둘러보았다.

그러나 그녀는 곧 침대 하나가 비어 있고 또 하나의 침대에 연달아와 아랑이 서로 안은 채 자고 있는 것을 발견하고는 깜짝 놀라는 표정을 지었다.

그 모습을 보고 연달아는 조금 난처한 기분이 들었다. 자기 동생이 낯선 사내 품에 안긴 채 자고 있는 것을 발견한 언니가 어떤 기분일지 짐작하기 때문이다.

연달아는 여인이 침대로 곧장 걸어오는 것을 보고 몸을 일으키려고 했다.

그러자 여인이 급히 그러지 말라고 손을 젓는 바람에 연달아는 팔꿈치로 몸을 의지하고 고개와 어깨를 세운 채 그녀를 바라보았다.

여인은 부드럽게 미소를 지으면서 연달아의 침대 머리맡에 걸터앉았다.

"그냥 누워요. 랑이가 깨겠어요."

여인은 정말 섬섬옥수라고 해야 좋을 듯한 희고 긴 손을 뻗어 연달아의 어깨를 살며시 누르며 말했다. 그녀의 목소리는 마치 풀잎끼리 스치면서 내는 소리처럼 그윽해서 매우 듣기 좋았다.

아랑이 깬다는 말에 연달아는 그냥 다시 누웠으나 좀 어색한 기분이 들었다.

그의 눈앞 두 뼘 거리에 아랑의 언니가 궁둥이를 걸치고 앉아서 이쪽으로 허리를 비틀고 있기 때문이다.

더구나 그녀에게선 아랑하고는 다른 성숙한 여인의 향기가 물씬 풍겼다.

"랑이 엄마예요."

아랑의 엄마가 온화한 미소를 지으며 소곤거렸다. 아랑이 깰까 봐 목소리를 낮춘 것이지만, 소곤거리는 목소리가 왠지 은밀하게 느껴졌다.

그녀가 아랑의 언니인 줄 알았다가 엄마라는 바람에 연달아는 조금 놀랐다. 아랑의 엄마라고 하기에는 그녀가 지나치게 젊어 보였기 때문이다.

아랑 엄마는 아랑의 머리카락을 부드럽게 쓰다듬으면서 신기한 듯이 중얼거렸다.

"이 아이는 워낙 낯을 가려서 아무에게도 안기지 않아요. 오로지 나한테만 안겼는데… 그쪽이 마음에 들었나 봐요. 아니, 그런 말로는 설명하기 어렵군요."

연달아는 그녀가 '그쪽'이라고 한 것이 자기를 가리키는 것이라고 짐작했다. 하지만 딱히 할 말도 없어서 묵묵히 듣기만 했다.

"랑이가 학교에서 수업하다가 갑자기 쓰러져서 병원에 실려 갔다는 말을 듣고 가슴이 철렁했어요. 얼마나 놀랐는지 가슴이 벌벌 떨려서 아무것도 못했어요."

연달아는 알아듣는 말도 있고 알아듣지 못하는 말도 있지만 가만히 있었다.

"저는 촬영 때문에 부산에 내려가 있다가 전화를 받고 부랴부랴 달려오는 길이에요."

그녀는 급기야 눈물을 흘리기 시작했다. 그리고 목소리가 가늘게 떨렸다.

"랑이가 처음 발병한 것은 중2, 열다섯 살 때였어요. 그때 죽을 고비를 넘기면서 온갖 치료를 받고 병세가 호전됐다고 생각했는데 이번에 또다시… 흑!"

그녀는 사람을 몹시 가리는 아랑이 서슴없이 안겨 있는 연달아를 남이라고 여기는 것 같지 않았다. 그래서 속내 깊은 얘기도 스스럼없이 꺼냈다.

아랑 엄마가 핸드백에서 손수건을 꺼내 눈물을 닦느라 잠시 침묵이 흘렀다.

사실 아랑에겐 아버지가 없다. 그렇다고 아랑 엄마하고 이혼을 했거나 아버지가 죽은 것은 아니다.

아랑 아버지는 오래전에 실종됐다. 아랑 엄마는 새파랗게 어린 스물한 살에 한 명의 멋진 청년을 만나서 불길 같은 사랑에 빠졌었다.

그래서 임신을 했는데 얼마 지나지 않아서 그 청년, 즉 아랑 아버지가 홀연히 사라져 버린 것이다.

아랑 아버지에 대한 실종 사건은 아직도 현재 진행형이며, 이후 아랑 엄마는 처녀의 몸으로 혼자서 아랑을 낳아 기르면서 지금에 이르고 있다.

물론 아랑 엄마는 아직도 아랑 아버지를 애타게 기다리고 있으며, 다른 남자에겐 눈길조차 준 적이 없다. 그러므로 그녀에게 있어서 아랑은 생명보다도 더 소중한 존재일 수밖에 없는 것이다.

이윽고 아랑 엄마가 연달아에게 조심스럽게 물었다.

"너무 늦어서 담당 의사를 만나지 못했는데… 랑이가 무슨 말을 하지 않던가요?"

"두 달밖에 살지 못한다고 말했소."

엄청난 충격을 줄 수 있는 말인데도 연달아는 담담하게 말해주었다.

"아……."

연달아의 말투가 이상하고 또 딱딱했으나 아랑 엄마는 말의 내용이 너무나 엄청나서 미처 알아차리지 못했다. 그녀는 현기증이 나는 듯 가볍게 비틀거리며 쓰러질 듯했다. 연달아가 즉시 손을 뻗어 그녀의 어깨를 잡아주지 않았으면 침대 아래 바닥으로 쓰러졌을 것이다.

"고마워요."

아랑 엄마는 뺨으로 흘러내린 머리카락을 쓸어 올리며 슬픈 미소를 지었다.

연달아는 아랑에 대해서, 그리고 그녀가 앓고 있는 뇌종양이라는 것에 대해 아는 것이 전혀 없기 때문에 할 말도 없어서 내내 묵묵히 있었다.

다시 입을 연 사람은 아랑 엄마다. 그녀는 눈물을 겨우 삼킨 후에 마치 고백성사를 하듯이 중얼거렸다.

"부산에서 KTX를 타고 서울로 올라오는데 갑자기 엄청난 비에 천둥번개가 막 치는 거예요. 우리 랑이는 유달리 천둥번개를 무서워하는데… 면회시간이 지나면 보호자 외에는 병실에 들어갈 수 없어서 매니저도 없는데… 랑이가 병원에서 혼자 어떻게 밤을 보낼까 너무 걱정이 돼서 심장이 오그라드는 줄 알았어요."

그녀는 연달아를 보며 화사한 미소를 지었다.

"그런데 이렇게 멋진 오빠 품에서 자고 있다니… 고마워요. 덕분에 안심했어요. 정말 고마워요."

그래도 연달아는 아무 말도 하지 않았다. 그렇다고 그녀를 무시하는 것이 아니다. 오히려 그녀의 심정을 누구보다 잘 이해할 수 있을 것 같았다.

아랑 엄마는 뭔가를 계속 이야기했다. 연달아는 들으려고 애썼으나 그녀가 매우 지쳐 보였다.

"좀 쉬는 게 어떻겠소?"

그때 아랑 엄마는 두 가지를 동시에 느꼈다. 연달아가 걱정을 해주고 있다는 것과 그의 말투가 이상하다는 것이다.

아랑 엄마는 아랑을 굽어보았다.

"랑이에겐 당신이 있으면 안심할 수 있을 것 같군요. 이렇게 편하게 자는 모습을 보는 것은 정말 오랜만이에요. 랑이가 믿는 분이라면 저도 믿어요."

그녀는 아랑의 머리카락을 한 번 더 쓰다듬은 후에 아랑의 침대로 가서 풀썩 쓰러지듯이 눕더니 몹시 피곤했는지 잠시 후에 깊은 잠에 빠져들었다.

그때 연달아는 가슴팍에서 아랑이 작게 꼼지락거리는 것을 느끼고 그녀가 깨어 있었다는 사실을 알게 되었다.

"엄마가 불쌍해요. 그리고 미안해요."

아랑은 진작부터 깨어나서 엄마가 하는 얘기를 다 들었던 것이다.

아랑은 엄마가 불쌍하다고 말하고, 엄마는 아랑이 불쌍하다고 한다. 둘 다 불쌍한 모녀다.

"제가 죽으면 엄마는 살지 못할 거예요. 제가 죽는 것은 어쩔 수 없는데 혼자 남게 될 엄마가 불쌍해서… 그게 제일 걱정이에요. 흑!"

아랑은 또다시 연달아의 가슴을 흠뻑 적시면서 가늘게 몸을 떨며 울었다.

연달아는 부드럽게 그녀의 등만 쓰다듬어 줄 뿐 아무 말도 하지 않았다.

위로해 줄 적당한 말이 없었다. 아니, 그는 원래 태생이 남을 위로한다는 것 자체를 할 줄 모른다. 입에 발린 말을 못하기 때문이다.

다만 자기가 아랑을 위해서 해줄 것이 없다는 사실이 안타까울 뿐이다.

‘어쩌면……?

그때 문득 어떤 생각이 들었다. ‘전능’ 은 죽은 자도 살릴 수 있다는 말이 번쩍 떠올랐다.

‘그런데 어떻게 하지?

설령 그렇더라도 방법을 모른다. ‘전능’ 이 자신의 만신창이 몸을 완치시킨 것은 알겠는데, 어떻게 그랬는지는 까맣게 모르는 것이다.

아랑은 아무 말도 하지 않고 연달아의 허리를 꼭 안은 채 그의 가슴을 눈물로 흠뻑 적시고만 있다. 몸을 바들바들 떠는 것이 너무도 가련했다.

연달아는 두 팔로 아랑을 안고 지그시 힘을 주었다. 그러자 아랑은 몸을 작게 옹송그리며 더욱 깊이 그의 품으로 파고들었다.

연달아에 비해서 체구가 절반밖에 되지 않을 듯한 그녀는 마치 한 움큼의 액체가 되어 그의 몸속으로 스며들 것처럼 결사적으로 밀착해 왔다.

연달아는 자신의 몸이나 정신 어딘가에 있을 전능을 아랑에게 보내기 위해서 두 팔에 더욱 힘을 주어 그녀를 꼭 부둥켜안았다.

"아……."

너무 힘을 주었는지 아니면 어떤 다른 이유 때문인지 아랑이 나직한 탄성을 흘렸다.

스우우.

그때 연달아는 자신의 가슴, 아니, 심장 어림에서 무엇인가 뜨거운 것이 뿜어져 나오는 것을 느꼈다. 그래서 그는 순간적으로 그것이 '전능' 일 것이라고 직감했다.

'됐다!'

그는 속으로 기쁨의 탄성을 터뜨렸다. 이제 아랑을 살릴 수 있다고 확신했다.

그런데 그의 가슴에서 뿜어지던 뜨거운 기운이 아랑에게 전해지지 않고 있었다.

그것은 마치 그와 아랑 사이에 두꺼운 철벽이라도 있는 것 같은 느낌이었다.

"랑아."

그가 나직이 속삭이자 아랑이 고개를 들어 창백한 얼굴로 그를 바라보았다.

"몸을 곧게 펴서 나하고 한 몸이 되려는 것처럼 최대한 몸을 밀착시켜라. 그리고 마음을 활짝 열고 내가 주는 것을 받아들여라.”

아랑은 까맣고 커다란 눈을 깜빡거리며 의아한 표정으로 연달아를 말끄러미 바라보다가 이내 얼굴을 붉히면서 조그맣게 대답했다.

“네.”

그녀는 웅크렸던 몸을 곧게 펴고 일자를 만들어서 자기의 몸 앞면과 연달아의 몸 앞면이 찰싹 붙도록 만들었다. 그리고는 그의 허리를 힘껏 끌어안았다.

그녀의 봉긋한 가슴과 하체가 연달아와 종이 한 장 들어갈 틈조차 없이 밀착되자 그녀는 부끄러운 마음이 들었다. 하지만 그가 시키는 대로 마음을 활짝 열고 그를 받아들이겠다는 생각을 했다.

그런데도 뜨거운 기운이 그녀에게 전해지는 것 같지 않자 연달아는 그녀의 몸을 짓이기듯이 전력으로 힘을 주어 힘차게 끌어안았다.

“허억!”

몸이 옥죄어지자 아랑이 나직한 신음 소리를 토해냈다.

바로 그 순간이다.

쏴아아.

아랑은 연달아의 몸에서 무엇인가 용광로처럼 뜨거운 기운이 흘러나와 자신의 몸속으로 파도처럼 쏟아져 들어오는 것을 느꼈다.

그리고는 뭐라고 형언할 수 없는 기분에 사로잡혔다. 우선 가장 먼저 느낀 것은 상쾌함이다.

아랑은 중2 때 악성뇌종양이 발병한 이후부터 2년 동안은 언제나 몸이 찌뿌듯하고 천근만근 무거웠으며 머리가 쪼개지는 듯한 두통에 구토, 현기증 등 온갖 컨디션 난조를 달고 살았다.

그런데 지금 이 순간은 몸이 하나의 풀잎, 아니, 구름이 되어 하늘로 훨훨 날아가는 것처럼 상쾌했다.

그리고 두 번째는 황홀함 같기도 하고 쾌감 같기도 한 묘한 느낌이다.

머리부터 발끝까지 찌릿찌릿하면서 온몸이 스르르 녹아서 물이 되는 것 같은 느낌이다.

이런 기분은 난생처음이다. 그래서 이대로 죽어도 좋다는 생각마저 들 정도다.

“아아…….”

그녀는 자신도 모르게 입을 반쯤 벌리고 나직한 탄성을 토해냈다.

그리고는 자신의 몸이 녹아서 연달아의 몸속으로 빨려드는 것 같은 기분이 들었다.

“아아, 달아 오빠…….”

그녀는 연달아의 품에 안긴 채 그를 끌어안고 어쩔 줄을 모르며 몸부림쳤다.

"후우……."

그때 그녀의 머리 위에서 연달아의 나직하고 긴 한숨 소리가 아련하게 들렸다. 그리고 그가 두 팔에서 힘을 빼는 것이 느껴졌다.

그와 동시에 아랑을 휩쌌던 느낌이 한순간 썰물처럼 사라져 버렸다.

"아……."

아랑은 몹시 아쉽고 서운한 기분이 들었다. 쾌락의 꼭대기에 떠 있다가 바닥으로 뚝 떨어진 듯한 느낌이다. 그래서 방금 전과 같은 상태가 조금 더 오래 지속됐으면 좋겠다는 생각이 들었다.

그런데 그녀는 자기 얼굴에서 땀이 비 오듯이 흐르는 것을 느끼고는 깜짝 놀랐다.

그런데 얼굴뿐만이 아니라 물속에서 나온 것처럼 온몸이 축축하게 흠뻑 젖어 있었다. 마치 격렬한 운동을 하고 난 직후 같았다.

그런데 조금 전의 그 굉장한 느낌이 사라졌다 뿐이지 아랑은 지금 다른 것을 느끼고 있었다.

몸과 정신, 그리고 마음이 더할 나위 없이 상쾌했다. 지난 2년 동안 만성적으로 그녀를 괴롭히던 모든 것이 지금은 조금도 느껴지지 않았다.

새로 태어난 것 같은 기분이다. 그리고 그녀를 새로 태어나게 해준 사람이 바로 연달아라는 생각이 들었다.

연달아는 아랑의 머리를 쓰다듬으면서 온화하게 물었다.

"기분이 어떠냐?"

아랑은 고개를 들고 몸을 꿈틀거려서 비죽비죽 위로 조금 올라오더니 연달아의 얼굴을 마주 보았다.

그리고는 아무 말도 하지 않고 커다란 눈을 똑바로 뜨고 그를 말끄러미 응시하기만 했다.

그렇게 한참 동안 있다가 그녀는 얼굴을 스르르 가까이 가져와서 연달아에게 뺨을 대더니 그의 귀에 입술을 붙이고 속삭였다.

"달아 오빠하고 섹스한 것 같았어요."

"음?"

연달아는 무슨 소린지 알아듣지 못했다. 만약 알아들었다면 아랑을 꾸짖었을 것이다.

연달아는 아랑의 등을 쓰다듬으며 온화하게 말했다.

"이제는 아프지 않을 것이다."

제6장

아랑

R U N N E R
런너

퉁!

휴지통으로 던진 빈 맥주 캔이 휴지통 옆 바닥에 떨어져 데 구루루 구르다가 멈추었다.

까락.

컴퓨터 앞에 앉은 고방아는 세 개째 맥주 캔을 따서 왼손으로 잡고 입으로 가져가 한 모금 마시면서 오른손으로 잡고 있는 마우스를 클릭했다.

모니터 화면에 그녀의 블로그가 떴다. 열흘 전에 네이버에 블로그를 만들어놓고 딱 한 줄만 글을 올리고는 매일 퇴근하고 돌아와서 들여다보는 것이 요즘 그녀의 일과 중에 하나가 되었다.

그녀가 올려놓은 글은 블로그 제목하고도 일치한다.

신속 사건 해결. 다 잡아줌.

어떤 설명도 없이 달랑 그 글뿐이다.

그러니 열흘이 되도록 백수건달 같은 놈들이 써놓은 시시껄렁한 농담이나 쓸데없는 댓글만 드문드문 적힐 뿐이지 고방아가 원하는 진짜 사건 청탁 같은 것은 한 건도 올라오지 않았다.

그녀는 경찰 일 말고도 블로그로 사건을 청탁받아서 해결해 주는 일을 시작했다. 말하자면 투잡이다.

수입도 수입이지만 경찰 일이라는 것이 매일 무사태평이라서 할 일이 별로 없다. 그래서 단독으로 사건을 해결해 보려고 블로그를 연 것이다.

역시 오늘도 열두어 개의 영양가 없는 댓글만 적혀 있을 뿐이다. 예를 들면 '어이! 바퀴벌레도 잡아주남?', '우리 집 노땅 죽여주면 후사하겠음', '더 신속 사건 해결. 모조리 잡아죽임', 또는 '나 잡아봐라~' 따위 식이다.

꿀꺽.

그런 글들을 보면서도 고방아는 아무렇지 않은 듯 느긋하게 맥주를 한 모금 마시고는 입안에서 이리저리 굴리다가 꿀꺽 삼켰다.

그녀는 사소한 일에 발끈해서 파르르 성질을 내는 타입이 아니다. 오히려 배짱이 두둑하고 깡다구 하나는 누구에게도 지지 않는다.

그런데 블로그에서 나가려던 고방아의 시선이 댓글 맨 아래에서 멈췄다.

잡아주세요.

그리고는 댓글 오른쪽 끝에 자물쇠가 채워져 있는 그림이 있다. 이 글은 댓글을 올린 사람과 블로그의 주인인 고방아만 읽을 수 있다.

클릭!

순간 화면이 어두워지면서 갑자기 사진 한 장이 화면 전체를 가득 메웠다.

그리고 사진을 보는 순간 고방아는 맥주를 마시던 동작을 뚝 멈추면서 자세를 똑바로 하며 뚫어지게 사진을 들여다보았다.

사진은 옷을 하나도 입지 않은 여자의 전라 모습이다. 침대에 똑바로 누워서 다리를 약간 벌리고 있는 모습을 위에서 아래로 찍었다.

그런데 너무 끔찍한 모습이라서 간담이 큰 고방아마저도 가볍게 눈살을 찌푸렸다.

사진 속 여자의 얼굴이 완전히 짓이겨져서 용모를 전혀 알아볼 수 없을 지경이었다.

고방아는 사진의 얼굴을 보는 순간 그녀가 누군가에게 주먹으로 난타당했다는 사실을 직감했다. 둔기로 맞으면 저런 모양이 되지 않는다.

그리고 봉긋한 유방의 양쪽 유두가 물러 터져서 진물이 흐르고 있었다. 고방아는 그것 역시 한눈에 담뱃불로 지졌다는 것을 간파했다.

사진 속의 여자는 그 밖에도 어깨와 옆구리, 복부, 허벅지, 정강이가 온통 담뱃불로 지진 상처와 멍투성이였다.

저 정도면 최소한 24주 이상의 진단이 나올 것이고, 범인은 3년에서 5년까지 감방에서 썩어야 할 것이다.

하지만 고방아의 시선을 끈 것은 사진 속 여자의 사타구니, 즉 음부였다.

다리를 약간 벌리고 있어서 자세히는 알 수 없지만 음부가 만신창이 상태였다.

마치 야구방망이 같은 굵은 물건으로 사정없이 쑤셔놓은 후의 모습이 분명했다.

성폭행, 즉 강간이 분명했다. 24주 이상의 폭행에 강간이 더해진다면 범인은 최소한 15년형이다.

고방아의 시선이 사진 맨 아래의 깨알 같은 글로 향했다.

올해 고2가 된 제 딸이에요. 경찰은 강간 폭행이라고 하면서 한 달이 지나도록 아직 범인은커녕 단서조차 잡지 못했어요. 머지않아서 수사본부를 해체한다는 말도 있고요. 제발 꼭 범인을 잡아주세요.

그리고 전화번호가 첨부되어 있었다.

고방아는 사진 속의 여자, 이제 겨우 열여덟 살쯤 되어 보이는 여자아이의 고통과 그녀 어머니의 뼈아픈 슬픔이 고스란히 전해지는 것을 느꼈다.

고방아는 투잡을 시작한 지 열흘밖에 되지 않았고 아직 사건을 해결한 것이 한 건도 없다. 그러므로 피해자의 어머니가 고방아를 알고 있을 리 만무하다.

그런데도 불구하고 피해자의 어머니가 인터넷상의 수많은 홈피와 카페, 블로그 중에서 고방아의 블로그를 찾아내서 사건 해결을 청탁한 것으로 봐서 두 가지 사실을 짐작할 수 있다.

첫째, 피해자의 어머니가 딸을 저 지경으로 만든 범인을 잡기 위해서 악이 받칠 대로 받쳤다는 것.

둘째, 사건 해결을 청탁한 사람이 고방아 한 사람만이 아닐 것이라는 사실이다. 모르긴 해도 피해자 어머니는 온라인이나 오프라인을 들쑤시고 다니면서 수많은 사람들에게 사건을 청탁했을 것이다.

그렇더라도 고방아는 상관하지 않았다. 아직 사건의 개요를 정확하게는 모르지만 그녀는 이 사건을 해결할 수 있다고 확신했다.

왜냐하면 그녀는 고방아니까.

고방아는 들고 있던 맥주를 다 마시고 나서 느릿한 동작으로 휴대폰을 집어 들었다.

*　　　　*　　　　*

다음날 아침, 연달아는 최 간호사가 병실로 오기를 눈 빠지게 기다렸다.

생리적 현상, 즉 용변이 급하기 때문이다. 생각해 보면 도대체 언제 소변과 대변을 보았는지 기억도 나지 않는다. 그도 사람인 이상 용변을 봐야만 한다.

그런데 조금 전부터 신호가 오기 시작했는데도 어디에서 용변을 봐야 하는지 알 수가 없어서 최선아가 오기만 기다리고 있었던 것이다.

아랑이 있으면 도움이 되겠지만, 아침 일찍 몰려온 의사와 간호사들이 그녀를 데리고 어디론가 가버렸다.

물론 아랑 엄마도 함께 갔다. 아마 검사와 치료를 하려는 것인 듯했다.

사실은 아까까지만 해도 아랑 때문에 병실이 한바탕 시끌벅적했다.

밤새 연달아 품에서 한숨 푹 자고 일어난 그녀는 이른 아침에 깨자마자 뭐가 그리 좋은지 콧노래를 부르면서 엄마를 깨우고 수다를 떨며 병실 안을 휘젓고 다니면서 정신없이 재잘거렸다.

아랑이 걱정 때문에 자는 둥 마는 둥 잠을 설쳤던 아랑 엄마는 딸이 더할 나위 없이 건강하고 또 명랑한 모습을 보면서 남몰래 한시름 놓는 듯했다.

연달아는 그 모습을 보면서 아랑의 병이 다 나았다는 것을 확신했다. 자신의 전능이 그녀를 죽음으로부터 구했다는 사실을 깨달았다.

"굿모닝!"

드디어 하얀 간호사복을 입은 최선아가 병실로 들어오면서 연달아를 향해 손을 흔들며 알 수 없는 소리를 했다.

"최선아 씨."

손으로 배를 쓸어안고 병실 안을 왔다 갔다 하던 연달아는 급히 그녀에게 다가갔다.

급한 중에도 그는 어제 그녀에게 배운 이름 뒤에 '씨'를 붙이는 것을 잊지 않았다.

"배 아파요?"

"뒷간이 어디요?"

"뒷간… 이 뭔가요?"

연달아는 뒷간을 이곳 세상에서는 뭐라고 하는지 몰라서 적잖이 당황했다.

사람들이 사는 곳에서는 다들 용변을 볼 테고, 또 용변 보는 곳을 뒷간이라고 할 줄 알았다.

하지만 눈치 빠른 최선아는 연달아의 표정과 엉거주춤한 자세를 보고는 어렵지 않게 짐작했다.

"화장실 가게요?"

"화… 장실이 뭐요?"

이번에는 연달아가 물었다. 두 사람의 대화는 많이 삐걱거리고 있다.

최선아는 조금 정색을 하며 되물었다.

"정말… 화장실을 모르는 거예요?"

"모르오."

최선아는 연달아의 다급하고 진지한 표정을 보고는 그가 거짓말을 하는 것이라 생각하지 않았다.

하지만 대한민국 사람이, 그것도 멀쩡한 어른이 화장실을 모르다니 말이 되지 않았다. 그렇다면 도대체 여태까지 용변을 어디에서 봤다는 말인가.

"정말 몰라요?"

연달아는 조금 짜증이 났다.

"모르는 것을 모른다고 하지 뭐라고 하겠소?"

그가 발끈하자 최선아는 움츠러들었다. 그리고는 병실 내 입구 쪽에 옆으로 또 하나 있는 문을 직접 열어주었다.

척!

"여기가 용변을 보는 곳, 즉 화장실이에요."

뒷간을 화장실이라고 한다는 것을 알아들은 연달아는 급히 그녀가 열어주는 문 안으로 들어갔다.

하지만 그는 곧 엉거주춤한 자세로 서 있다가 어두운 표정을 지었다.

"어디에서 용변을 보오?"

연달아가 보기에 화장실이라는 곳은 처음 보는 것에 이상한 것들만 있었다.

들어서자마자 그는 맞은편에서 이상한 사내가 자신을 향해 달려들 듯이 다가오는 것을 보고 움찔 놀랐다.

그러나 그 사내가 자신이라는 것을 잠시 후에 깨달았다. 그는 자신의 거의 전체 모습을 이처럼 생생하게 본 적이 한 번도 없었다.

만약 용변이 급하지 않았으면 자신의 모습을 고스란히 비추는 거울이라는 것 때문에 당황하고 또 매우 신기하게 여겼겠지만 지금은 그럴 경황이 없었다.

최선아는 어이없다는 표정을 지었다. 하지만 연달아가 급하면서도 진지한 표정인 것을 보고는 한쪽의 양변기를 가리키며 물었다.

"설마 양변기 사용법을 모르는 것은 아니겠죠?"

"어떻게 사용하오?"

최선아의 자세한 설명 덕분에 연달아는 볼일을 다 보고 수도에서 나오는 물로 손까지 씻었다.

그는 볼일을 보면서, 그리고 손을 씻고 타월에 닦으면서도 감탄을 금치 못했다.

볼일 보고 나서 스위치만 누르면 쏟아져 나온 물에 의해서 변이 깨끗이 사라지고, 또 그 옆에 있는 또 다른 쇠막대기를 누르면 물이 콸콸 쏟아져 나왔다. 더구나 뜨거운 물, 찬물 원하는 대로 쏟아졌다.

연달아가 화장실에서 나와 침대로 걸어가자 침대 옆에 서서 차트를 보고 있던 최선아가 그를 보며 자못 정색하는 표정을 지었다.

"연달아 씨, 제가 마음에 들지 않으시면 담당 간호사를 바꿔 드릴까요?"

연달아는 그녀가 화장실 일로 오해를 하고 있다는 것을 직감했다.

그는 이 일을 과연 어떻게 설명해야 할지 잠시 고민했다. 하지만 곧 생각을 그만두었다. 구태여 설명해야 할 필요를 느끼지 못했다.

에둘러서 섣불리 잘못 설명하려고 들다가는 최선아가 오해를 하게 될 것이고, 또 제대로 설명을 한다고 해도 그녀가 믿어주지 않을 것이 분명하다.

그렇게 되면 또다시 연달아 자신만 이상한 사람이 되고 말 것이다.

그러느니 차라리 입을 다무는 편이 낫다. 그것이 연달아와 그녀 두 사람을 위하는 길이라고 생각했다.

다소 답답한 것은 참으면 되지만, 잘못된 오해는 그나마 가까워진 최선아와의 관계까지 단번에 무너뜨릴 수 있을 테니까 말이다.

연달아는 최선아와 한 걸음 간격으로 마주 서서 진지한 표정으로 쳐다보았다.

그녀는 아담한 체구라서 연달아보다 머리 하나 반 정도나 더 작기 때문에 굽어봐야만 했다.

최선아는 연달아가 키가 크고 체구가 우람하다는 것은 짐작하고 있었으나 막상 그가 앞에 서자 태산이 가로막고 있는 것 같은 착각이 느껴질 정도라서 조금 압도당했다.

“최선아 씨.”

“네.”

연달아가 진지하게 말하자 최선아는 자못 긴장했다.

“한마디만 하겠소.”

최선아는 그를 올려다보다가 고개를 숙였다. 목이 아파서가 아니라 그에게서 느껴지는 묘한 위압감 때문이다.

그녀의 머리 위로 연달아의 조용하지만 진지한 목소리가 흘러내렸다.

“지금 내가 믿고 있는 사람은 최선아 씨뿐이오.”

“……”

최선아는 움찔 몸을 떨더니 천천히 고개를 들어 연달아를 올려다보았다.

연달아는 그녀의 대답을 듣지 않아도 알 수 있었다. 그녀의 눈에는 눈물이 가득 고여 있었다.

그녀는 고개를 끄덕였다.

“알았어요. 미안해요.”

눈물이 후드득 떨어졌다. 그러나 그녀가 미안하다고 한 말을 연달아는 이해하지 못했다. 그녀가 미안할 일이 없었다.

그녀는 애써 미소를 지었다.

"앞으로는 연달아 씨의 말이라면 팥으로 메주를 쑨다고 해도 믿겠어요."

"메주……."

연달아는 메주가 뭔지 모르지만 물어보면 또 얘기가 길어질 것 같아서 가만히 있었다.

"좀 이따가 원무과에서 직원이 올 거예요. 연달아 씨 인적 사항을 알아보려고요."

연달아는 고개를 가로저었다.

"무슨 말인지 모르겠소."

최선아는 그럴 줄 알았다는 듯 인내심을 갖고 친절하게 원무과라는 것과 인적 사항이라는 것이 무엇인지에 대해서 설명해 주었다.

그녀는 말하면서 내내 미소를 지었다. 그녀는 나름대로 답답함을 극복하려고 애쓰고 있었다.

그러면서 연달아가 아무것도 모르는 것은 분명히 무슨 이유가 있을 것이라고 생각했다.

어쩌면 교통사고를 당한 충격으로 기억상실증에 걸려서 과거의 기억을 모두 잊어버렸는지도 모르는 일이다. 그래서 그런 쪽으로 생각했다.

설명을 다 듣고 난 연달아는 씁쓸한 표정을 지었다. 원무과

에서 연달아가 어디에 사는 누군지 알아보기 위해서 온다는
데 그는 해줄 말이 없다.

병원 입장에서는 무연고자를 입원시킬 수는 없는 처지인
데, 연달아는 말 그대로 고구려에서 온 무연고자다. 그는 이
곳 세상에서는 철저하게 무연고자다.

최선아는 그를 말끄러미 바라보며 대답을 기다렸다. 하지
만 연달아는 끝내 아무 말도 하지 않았다.

최선아는 병실을 나가려다 말고 생각난 듯 말했다.

"참! 어제 고방아 씨는 연락이 닿지 않았어요. 그 시간에
고방아 씨는 이미 강남경찰서에서 퇴근했다더군요."

사실 연달아는 고방아에 대한 소식을 목 빠지게 기다리던
중이라서 그녀의 말을 듣고 적잖이 실망했다.

"오늘 중으로 연락이 되면 고방아 씨 휴대폰 번호라도 알
아놓을게요."

그렇게 말하고 그녀는 병실을 나갔다.

연달아가 침대에 혼자 책상다리로 앉아서 깊은 생각에 잠
겨 있을 때 문밖에서 누군가 급하게 뛰어오는 요란한 소리가
났다.

그는 그 발걸음 소리가 아랑이라는 사실을 깨달았다. 어떻
게 알았는지는 모르지만 그냥 직감으로 그녀인 것 같았다. 그

리고 잠시 후에 병실 문이 부서질 듯이 왈칵 열리면서 아랑이 뛰어들어 오며 울 것처럼 큰 소리로 외쳤다.

"달아 오빠!"

연달아가 빙그레 미소 짓고 있는데 아랑은 쏜살같이 달려오는 여세를 빌어 그에게 온몸을 던지며 안겨왔다.

"달아 오빠! 으흐흐흑!"

아랑은 두 팔로 연달아의 목을 끌어안고 안기면서 울음을 터뜨렸다.

순간 연달아는 불길한 예감이 들었다. 그는 자신의 '전능'으로 아랑의 병을 치료해 주었다고 확신했는데 이제 보니 그게 아니었던 모양이다. 아랑이 우는 것을 보고 그렇게 생각한 것이다.

하지만 그것은 연달아의 기우였다. 아랑은 책상다리로 앉아 있는 그의 허벅지에 다리를 벌리고 마주 보는 자세로 앉아서 그의 뺨에 자기 뺨을 비비면서 환희와 기쁨에 가득 찬 외침을 터뜨렸다.

"달아 오빠! 검사 결과 내 몸속의 암세포가 30%나 줄어들었대요! 으흐흑! 그게 믿어져요?"

연달아는 암세포라든지 30%라는 말이 무엇인지 모른다. 그러니 그녀가 왜 울면서 소리치는 것인지 알 수가 없다.

"흐흐흑! 엉엉! 의사선생님이 이대로라면 내가 1년은 더 살

수 있댔어요! 그리고 방사선이나 약물치료로 암세포를 줄일 수도 있을 것 같다고 그랬어요!"

연달아는 그제야 조금 알게 되었다. 아랑의 병이 호전돼서 생명이 연장됐다는 뜻이다.

하지만 의외다. 지난밤에 '전능' 으로 그녀의 병을 완치시킨 줄만 알았는데 그게 아니었던 모양이다. 그는 아직 '전능' 을 마음대로 활용하지 못하는 것 같았다.

그런데도 아랑은 생명이 1년 연장된 것만으로도 마치 울다가 죽을 것처럼 기뻐서 몸부림치고 있다.

그때 아랑 엄마와 어젯밤에 그녀와 함께 왔던 낯선 여자가 허둥지둥 병실 안으로 달려들어 오더니 연달아에게 안겨 있는 아랑 뒤에 나란히 섰다.

아랑 엄마와 낯선 여자도 아랑처럼 펑펑 울고 있었다. 역시 기쁨의 눈물이다. 그녀들의 표정만 봐도 알 수 있었다.

"연달아 씨……."

아랑 엄마는 너무 기쁘고 감격해서 말을 잇지 못하고 눈물만 흘렸다.

연달아는 꼭 붙어서 뺨을 비비면서 흐느껴 우는 아랑을 안은 채 무뚝뚝한 얼굴로 아랑 엄마를 쳐다보았다.

아랑 엄마는 꿈을 꾸는 듯한 표정으로 약간 횡설수설했다.

"랑이의 검사를 담당한 의사선생님 말로는… 이것은 있을 수 없는 일이라더군요. 아아, 기적이래요. 악성뇌종양이 눈에 띌 정도로 현저히 줄었다는 거예요."

어제도 그랬던 것처럼 연달아는 듣기만 했다. 하지만 속으로는 암세포라는 것이 아랑을 병들게 한 원인일 것이라고 생각했다.

"연달아 씨가 어젯밤에 랑이에게 해주었다는 일 얘기 들었어요. 그런데 저는 믿지 않았지만… 랑이가 워낙 강하게 주장을 해서……."

연달아에게 안겨 있는 아랑이 눈물을 펑펑 흘리면서 엄마를 돌아보며 원망하듯 외쳤다.

"어젯밤에 달아 오빠가 날 치료해 줬다고 했잖아! 엄마는 어째서 내가 하는 말을 못 믿는 거야? 그럼 도대체 뭐가 날 치료했겠어? 하룻밤 자고 났는데 갑자기 저절로 병세가 좋아진 거야? 어제만 해도 난 병원에서조차 손쓸 방법이 없는, 두 달밖에 살지 못하는 뇌종양 말기 환자였잖아!"

아랑 엄마는 아랑의 검사 결과가 너무 좋게 나온 것 때문에 몹시 흥분한 상태다. 그래서 그녀는 흥분을 가라앉히려고 크게 심호흡을 했다.

아랑 엄마는 아랑하고는 달리 키가 큰 편이고 늘씬하며 풍만한 몸매를 지녔는데, 크게 심호흡을 하자 커다란 가슴이 육감적으로 들썩였다.

이윽고 그녀는 몇 차례 심호흡을 하고 나서 차분하려고 애쓰는 목소리로 말했다.

"랑이를 검사한 의사 선생님은 믿지 못하겠다면서 똑같은 검사를 두 번이나 더 했어요. 그런데도 결과는 변함이 없었어요. 랑이의 암세포가 30%나 줄었다는 거예요. 그러면서 계속 기적이 일어났다고만 중얼거렸어요. 기적이 아니고는 이런 일이 일어날 수가 없다고… 아직 치료를 시작하지도 않았는데 어떻게 암세포가 줄어들었느냐면서……."

"엄마 바보!"

아랑은 흡사 아기처럼 연달아에게 꼭 안겨서 뺨을 비비며 입술을 삐죽거렸다.

아랑 엄마는 딸을 상관하지 않고 연달아에게 계속 말했다. 울음기 섞인 목소리다.

"그런데 아무리 생각해 봐도 하룻밤 사이에 랑이의 병세가 좋아질 이유가 없는 거예요. 그래서 결국은 랑이의 말을 믿을 수밖에 없을 것 같다는 생각이 들었어요."

아랑 엄마의 얼굴에는 기쁜 기색이 역력했다.

"21세기 현대 의학이 치료할 수 없다고 포기한 뇌종양 걸린 랑이를… 연달아 씨가 하룻밤 품에 안아준 것만으로 암세포를 30%나 줄일 수 있다니……."

아랑은 엄마에게 어젯밤에 일어났던 일에 대한 느낌까지

는 자세히 설명하지 않았다. 그녀는 섹스를 한 적이 없지만 그때 기분이 마치 상상으로만 생각했던 섹스를 하는 것 같았다고 말이다.

아랑 엄마는 눈물이 그렁그렁한 아름다운 눈으로 연달아를 바라보며 물었다.

"정말 당신이 랑이를 치료했나요?"

연달아는 물끄러미 아랑 엄마를 응시했다. 그는 지금이 중요한 시기라는 것을 느꼈다. 그러면서 어떻게 대답해야 할 것인지 생각했다.

어제 연달아는 만신창이 몸으로 이 병원에 실려 왔다가 제 스스로 완쾌되어 많은 사람들을 놀라게 만들었다.

그런데 또다시 아랑의 일로 병원이 소란스러워진다면 감당하기 어려운 일들이 벌어질는지도 모른다. 지금은 그럴 때가 아니다.

"그렇소."

하지만 그는 진실을 말했다.

"아아……."

아랑 엄마가 후드득 거세게 몸을 떨었다. 긴가민가하는 심정이었는데 연달아의 입에서 '그렇다'는 말이 나오자 기쁜 마음을 감추지 못했다. 물에 빠진 사람은 지푸라기라도 잡는 법이다.

옆에 서 있는 낯선 여자, 즉 아랑의 매니저도 크게 놀라서 눈을 동그랗게 떴다.

아랑 엄마는 다급하고 절박한 의미에서 연달아의 말을 믿으려고 하는 것인지도 모른다. 아니, 필경 그럴 것이다.

연달아는 진지한 표정으로 물었다.

"의사들에게는 랑이에 대해서 뭐라고 말했소?"

"아직… 아무 얘기도 하지 않았어요."

연달아는 고개를 끄덕이고 나서 말했다.

"이 일을 비밀로 해주겠소?"

아랑 엄마는 빨갛게 립스틱을 바른 입술을 꼭 깨물면서 한동안 대답하지 않다가 뜻밖의 말을 꺼냈다.

"그 대신 랑이의 병을 깨끗이 완치시켜 주세요."

"엄마!"

순간 아랑이 고개를 돌리며 뾰족하게 소리쳤다.

"나는 이대로 충분해! 두 달밖에 살지 못할 목숨이 1년이나 살게 됐는데 무얼 더 바라? 욕심 부리지 마, 엄마! 달아 오빠를 귀찮게 하면 안 돼!"

그녀는 비 오듯이 눈물을 흘리며 애원하듯 말했다. 이럴 때의 그녀는 오히려 엄마 같았다.

"그렇지만……."

아랑 엄마는 더욱 입술을 깨물었다.

"연달아 씨에게 그럴 만한 능력이 있다면 이런 부탁을 하는 것이 지나치다고는 생각하지 않아, 랑아. 너도 엄마가 돼보면 알아. 그리고 지금의 너 같은 딸을 갖게 된다면 내 심정이 어떨지……."

그녀는 말을 잇지 못하고 두 손으로 얼굴을 가리며 격렬하게 흐느껴 울었다.

그녀의 그런 모습은 뇌종양에 걸려서 얼마 살지 못하는 딸을 둔 엄마의 처절한 몸부림이었다.

그 말을 듣고 아랑은 아무 말도 하지 못했다. 엄마의 심정을 십분 이해하기 때문이다.

그 대신 연달아가 조용히 말했다.

"알겠소. 최선을 다해보겠소."

아랑 엄마와 매니저는 병실 문을 굳게 닫고 문밖에서 사람들이 들어오지 못하도록 지키고 있다.

병실 안에서 연달아와 아랑은 어젯밤처럼 침대에 마주 보고 누워서 서로를 꼭 부둥켜안고 있었다.

아랑은 연달아가 무슨 방법으로 자신의 암세포를 없애는 것인지 궁금하지도 알려고 들지도 하지 않았다.

무조건 전적으로 연달아를 믿고 있기 때문이다. 만약 연달아가 어느 사이비 종교의 교주라면 아랑은 맹신도, 아니, 광신도가 된 상태다.

연달아는 이번만큼은 아랑을 확실하게 완치시켜야겠다고 생각했다.

그러기 위해서는 어젯밤보다 더 강력한 전능을 일으켜야 하고, 또 그녀가 더 많은 전능을 받아들이는 자세가 필요할 것이라고 생각했다.

그는 어젯밤에 아랑을 치료하는 과정에서 한 가지 사실을 깨닫게 되었다.

병에 걸린 사람을 치료하려면 전능을 주는 것도 중요하지만 받아들이는 자세도 중요하다는 사실이다. 물론 그것이 왜 중요한지는 알지 못한다. 어쩌면 연달아가 전능을 사용하는 것이 아직 미숙하기 때문인지도 모른다.

"랑아, 내게서 뿜어지는 기운을 네가 더 많이 받아들여야만 한다. 그러기 위해선 전적으로 나를 믿어야 해."

"제 목숨을 다해서 달아 오빠를 믿어요."

"그리고 나를 힘껏 안아서 몸을 최대한 밀착시켜라."

아랑은 눈을 깜빡거리면서 연달아를 바라보다가 용기를 내서 조심스럽게, 그러나 당돌하게 말했다.

"저… 그렇다면 우리 둘이 옷을 모두 벗으면 어떨까요?"

"……"

그런 생각은 조금도 하지 않았던 연달아는 아무 말도 하지 못했다.

하지만 전능이 서로 잘 소통하려면 그러는 것도 하나의 좋은 방법일 것 같았다.

그렇지만 아무리 두 사람이 나이 차이가 있다고 해도 남자와 여자인데 알몸을 맞대고 부둥켜안는 것은 지나치다는 생각이 들었다.

"달아 오빠, 다른 것은 생각하지 말고 달아 오빠가 저에게 주려는 것을 제대로 잘 전달할 수 있는 방법만 생각해요."

연달아가 망설이자 여자이면서 어린 아랑이 오히려 연달아를 설득하려고 애썼다.

연달아는 아랑의 말이 백번 옳다고 생각했다. 서로 살을 맞대면 전능이 그녀의 몸으로 더 잘 전달될 수 있을 것이다. 그렇게 생각하면서도 자기가 망설이는 것이 외려 미안한 생각이 들었다.

아랑은 그의 뺨에 자기 뺨을 대고 귀에 입술을 비비면서 속삭였다.

"우린 한 몸이나 다름없잖아요."

연달아는 어젯밤에 아랑과 꼭 안고 잤으며 자신의 전능을 그녀에게 주입시켰고 그녀가 받았기 때문에 그렇게 말할 수도 있다고 생각했다.

하지만 앙큼한 아랑의 생각은 조금 달랐다. 그녀는 정신적으로 자신의 순결을 연달아에게 주었다고 생각했다.

결국 연달아는 아랑의 뜻을 꺾지 못했다. 지금 두 사람은 아무것도 입지 않은 알몸으로 서로를 꼭 안고 있다.

하지만 연달아의 머릿속에는 오로지 아랑을 치료하겠다는 일념만 가득해서 추호도 잡념이 들지 않았다.

아무리 나이 차이가 난다고 해도 젊은 남녀가 알몸으로 부둥켜안고 있으면 성욕을 느낄 수밖에 없는 것이 자연의 이치고 인간의 본능이다.

하지만 연달아는 고구려의 귀족으로서 혹독한 정신 수양을 거친 용사 중의 용사다.

그가 마음만 먹으면 성욕을 느끼지 않을 수 있는 것은 오직 그이기에 가능한 일이다.

연달아는 어젯밤과 같은 방법으로 전능을 끌어내려고 노력했다.

아랑은 두 팔을 연달아의 겨드랑이 사이로 넣어서 그의 등을 있는 힘을 다해서 끌어안고 있다. 또한 가슴과 하체를 그의 몸에 찰싹 밀착시킨 채 어젯밤 같은 일이 일어나기를 기다렸다.

'전능이여! 나와라!'

연달아는 눈을 감고 아랑의 몸을 힘주어 끌어안은 채 속으로 주문을 외우듯이 소리쳤다.

그는 어젯밤에 그 자신이 원해서 전능이라는 것을 처음으로 이끌어냈다.

그 단 한 번의 경험을 통해서 그는 정신, 혹은 마음으로 전능을 이끌어낼 수 있다고 확신하게 되었다.

그래서 아랑을 기필코 치료하고 말겠다는 정신의 힘을 극대화시키는 데 전력을 기울였다.

또한 이것은 비단 아랑을 치료하려는 목적만 있는 것이 아니다. 그가 전능을 다룰 수 있는지 없는지가 달려 있는 일이기도 하다.

'나와라!'

그가 속으로 다시 한 번 크게 외치며 아랑을 더욱 거세게 끌어안을 때 기다리던 변화가 마침내 일어났다.

후우우.

그의 가슴이 뜨거워지기 시작했다. 어젯밤에 전능이 뿜어질 때도 이런 느낌이었다.

연달아와 가슴을 맞대고 있는 아랑은 갑자기 가슴이 미지근해지는 것을 느끼고 얼른 가슴을 내려다보았다.

그녀의 그리 크지 않은, 하지만 작지도 않은 풋내 나는 젖가슴이 연달아의 근육질 단단한 가슴에 잔뜩 짓눌려 있는 모습이 보였다.

그런데 그것만이 아니다. 연달아의 가슴, 아니, 심장 부위가 붉으면서도 은은하게 빛나고 있는 것이 보였다.

아랑이 지켜보고 있는 가운데 연달아의 심장 부위가 빠르게 밝아지면서 그것이 빛처럼 그녀의 가슴으로 흡수되기 시작했다.

"아아……."

놀라서 동그랗게 눈을 뜬 그녀의 입에서 감탄과 놀라움의 탄성이 흘러나왔다.

크게 놀라고 있는 그녀의 눈에 자신의 가슴이 두 개의 빛덩이가 되고 있는 것이 보였다.

그리고는 어젯밤 같은 느낌이 들기 시작했다. 상쾌함과 따뜻함, 그리고 온몸이 찌릿찌릿한 황홀함과 쾌감.

사실 그녀는 자신의 몸속에 있는 암세포를 줄이는 것보다 지금 이런 것을 더 원하고 있었는지도 모른다. 아니, 정말 그렇다. 그녀는 연달아의 품에 안긴 채 이런 극도의 황홀함과 쾌감에 진저리치도록 몸을 떨고 싶었다. 그게 솔직한 심정이었다.

그러나 다음 순간에 연달아의 몸과 아랑의 몸 전체가 한 덩이가 되면서 커다란 빛 덩이가 돼버렸다.

"아아아……."

상쾌함과 황홀함과 쾌감의 절정이란 바로 이런 것이 분명할 것이다.

온몸과 정신이 먼지처럼 해체되어 흩어지는 듯한 극도의

쾌감에 그녀는 자신도 모르게 연달아의 몸을 힘차게 끌어안고 몸부림치면서 비명을 질러댔다.

"아아악―!"

아랑의 환희에 가득 찬 비명 소리가 병실 안에 울려 퍼졌다.

벌컥!

그때 병실 문이 급히 열리면서 아랑 엄마와 매니저가 놀란 얼굴로 달려들어 왔다. 방금 전에 아랑이 내지른 비명 소리 때문이다.

병실 안으로 들어선 두 여자는 침대 위에서 벌어지고 있는 광경을 발견하고는 거의 혼비백산하는 표정을 지었다.

침대 위에는 연달아와 아랑이 알몸으로 서로를 힘껏 부둥켜안고 있었다.

연달아의 커다랗고 우람한 체구에 비해서 아랑의 가녀린 몸은 매우 왜소해 보였다.

연달아는 그녀를 안은 상태에서 자신의 몸속에 구겨 넣으려는 듯했고, 아랑은 몸부림치면서 그의 몸속으로 들어가려고 버둥거리는 것 같았다.

그런데 그것만이 아니다. 서로 안고 있는 두 사람에게서 찬란한 광채가 뿜어지고 있었다.

그것 때문에 실내가 환하게 밝았고, 그 빛이 아랑 엄마와 매니저에게도 비쳐졌다.

"아아……."

"사, 사장님……."

침대를 바라보는 두 여자의 얼굴은 경악으로 물들었다. 그녀들은 자신들이 지금 기적을 목격하고 있다는 사실을 믿어 의심하지 않았다.

"무슨 일인가요?"

그때 밖에서 누가 뛰어오는 소리와 외치는 소리가 동시에 들리자 아랑 엄마는 번쩍 정신이 들었다. 그녀는 급히 매니저에게 소리쳤다.

"미스 리! 어서 문 닫고 잠가 버려!"

아랑 엄마는 이 광경을 다른 사람에게 절대 보이면 안 된다고 본능적으로 판단했다.

그녀는 이것이 아랑이 말했던 어젯밤의 바로 그 치료라는 사실을 보는 즉시 깨달았다.

그리고 이제는 딸의 말을 무조건 믿었다. 이런 광경을 자기 눈으로 똑똑히 보면서도 믿지 않을 수가 없었다.

찬란한 광채에 휩싸인 그 속에 서로를 꼭 안고 있는 연달아와 아랑의 모습이 차라리 성스럽게까지 여겨졌다.

"아아악—!"

아랑은 계속해서 비명을 지르고 있었다. 아랑 엄마는 그것이 괴로워서가 아니라 극도의 쾌락과 황홀함 때문이라는 것을 알아차렸다.

그리고 저 과정이 아랑의 몸에서 암세포를 없애는 것이라고 생각했다. 아니, 믿었다.

과정이야 어떻든 상관없다. 목숨보다 더 소중한 아랑의 몸에서 추악한 암세포를 깡그리 없앨 수만 있다면, 그래서 아랑이 자기보다 일찍 죽는 일이 없다면 아랑 엄마는 악마에게 영혼이라도 팔 각오가 되어 있다.

그 광경을 바라보는 아랑 엄마와 매니저의 눈에서 눈물이 폭포수처럼 흘러내렸다.

어째서 눈물이 쏟아지는지는 그녀들도 알지 못했다. 그냥 눈물이 흘렀다.

아랑 엄마의 두 눈에 가득 찬 눈물 너머로 아랑이 몸부림치면서 비명을, 아니, 환희의 외침을 터뜨리고 있는 모습이 보였다.

그러더니 한순간 그녀들의 눈앞에서 실내를 가득 메웠던 찬란한 광채가 거짓말처럼 씻은 듯이 사라져 버렸다. 그리고는 고요한 적막이 실내를 가득 지배했다.

"아……."

아랑은 연달아의 품속에서 몸서리를 치면서 흡족함과 서운함이 뒤섞인 신음 소리를 냈다.

아랑 엄마와 매니저는 그 소리에 퍼뜩 정신을 차리고 기대와 긴장이 교차하는 복잡한 심정으로 멈칫거리면서 침대로 다가갔다.

아까부터 밖에서 누군가 계속해서 문을 두드리며 소리치고 있는데도 그녀들 귀에는 들리지 않는 듯했다.

이윽고 연달아가 일어나 앉자 아랑은 당연하다는 듯이 그의 무릎에 앉았다.

아랑이 한쪽 팔을 그의 목에 두르고 어깨에 고개를 얹은 채 뺨을 맞대고 있는 모습이다. 두 사람의 몸은 땀으로 흠뻑 젖어서 번들거리고 있었다.

침대 앞으로 다가온 아랑 엄마는 눈물을 그치지 못하면서 연달아를 바라보았다.

"정말 고마워요. 너무 고마워서 뭐라고 말을 해야 할지 모르겠어요."

아랑 엄마는 이미 아랑의 병이 다 나은 것처럼 말했다. 그녀는 그렇게 확신하고 있었다.

방금 전에 그 광경을 보고서도 딸의 병이 치료됐다고 믿지 않을 수가 없었다.

아랑 엄마와 매니저는 연달아와 아랑이 알몸이라는 사실도 잊고 있는 듯했다.

제7장

연(淵) 씨

R U N N E R
런너

청담동 샛별여고 앞에 연식이 오래된 소형 경찰차 한 대가
주차해 있다.

운전석에는 잔뜩 초조한 모습의 박 순경이, 그리고 조수석
에는 고방아가 앉아 있다.

박 순경은 몸을 곧추세우고 두 손으로 핸들을 잡은 자세로
자꾸 시계를 보고 있다.

지금쯤은 지정된 구역을 순찰하고 있어야 하는데 엉뚱한
곳에 경찰차를 주차시켜 놓고서 순찰 임무하고는 전혀 상관
없는 일을 하고 있기 때문이다.

물론 지금 이러고 있는 것은 고방아 때문이다. 그녀가 박 순경을 닦달해서 이곳으로 오자고 명령한 것이다.

초조하기 짝이 없는 박 순경과는 달리 고방아는 조수석 시트를 뒤로 한껏 눕혀서 상체를 비스듬히 누이고 두 다리를 포개서 대시보드에 얹은, 예의 그 흐트러진 자세로 MP3 이어폰을 귀에 꽂은 채 음악 감상을 하고 있다.

문득 고방아는 손목시계를 봤다. 12시 50분이 돼가고 있다. 여고 점심시간은 열두 시에서 한 시까지니까 10분만 있으면 점심시간이 끝난다.

그런데도 고방아가 기다리고 있는 여고생은 나올 기미를 보이지 않고 있다.

고방아는 어젯밤에 개인적인 사건을 하나 청탁받았다. 블로그에 접수된 여고생 강간 폭행 사건을 맡기로 했다.

투잡, 즉 사설탐정 일을 시작하고 나서 열흘 만에 들어온, 그리고 생애 최초의 사적인 일거리이기 때문에 무슨 일이 있어도 해결하고 싶다는 것이 그녀의 각오다.

고방아는 어젯밤에 강간 폭행을 당한 여고생의 집으로 가서 그녀를 직접 눈으로 봤고 또 여고생의 엄마와 대화를 나누기도 했다.

한 달 전쯤, 그러니까 9월 24일 한밤중에 청담동 내에서 강간 폭행을 당한 피해 여고생은 완전히 정신이 나간 모습으로

하루 종일 자기 방에 멀뚱하게 누워 있다고 했다. 고방아는
피해 여고생과 한마디도 나누지 못했다.

고방아가 어젯밤에 본 피해 여고생의 모습은 블로그에서
본 사진보다는 상처가 많이 아문 상태였으나 한 달이 지난 그
때까지도 그날의 끔찍했던 흔적이 생생하게 남아 있었으며,
사진으로 보는 것보다 더 끔찍한 몰골이었다. 그로 미루어 범
인은 인정사정없는 잔인한 놈이 분명했다.

모친의 말에 의하면, 강간 폭행을 당한 이후에 피해 여고생
은 실어증에 걸렸다고 한다.

이유는 너무 지독한 일을 당했기 때문에 정신적인 충격을
받아서 그런 것일 수도 있고, 아니면 머리를 심하게 맞은 것
이 원인일 수도 있다고 의사가 진단했다는 것이다. 그래서 실
어증이 일시적일 수도 있고 오래갈 수도 있다고 했다.

처음에 피해 여고생은 병원에 입원하여 치료를 받았으나
의사나 간호사를 보면 극도의 공포에 질려서 광적인 발작을
일으켰다고 한다.

병원에 계속 놔두면 정신착란이나 정신분열증으로 악화될
우려가 있다고 해서 어쩔 수 없이 집으로 데려왔더니 그나마
나아진 것이 지금의 상태라는 것이다. 나아진 것이 고방아가
본 그 상태라면 병원에서 어땠었는지는 대충 짐작이 가고도
남는다.

사건을 담당한 형사들은 제일 중요한 증인이며 피해자인 여고생의 진술을 들을 수 없는 상태이기 때문에 수사가 진전이 없고 답보상태였을 것이다.

피해 여고생의 이름은 박미진. 청담동 샛별여고 2학년 B반. 18세.

양친과 세 살 위의 오빠, 그렇게 네 식구가 청담동에서도 부촌으로 꼽히는 지역의 빌라에서 살고 있다.

대부분의 강간 사건이 그렇듯이 박미진이 사고를 당한 이후에 그녀의 집안은 풍비박산이 난 상태라고 한다.

중소기업을 운영하고 있는 아버지는 그날 이후 사업을 팽개친 채 술만 마시면서 괴로워하고 있고, 오빠는 다니던 대학에 휴학계를 제출하고 범인을 잡겠다면서 품속에 식칼을 품은 채 밤거리를 배회하고 있다는 것이다.

물론 박미진은 학교에도 나가지 않고 있다. 평소 집에서나 학교에서 얌전하고 착실한 학생으로 알려진 그녀 주변에는 친구들이 많았다.

사고 이후 많은 친구들이 위문을 하려고 박미진의 집에 찾아왔으나 그녀는 친구들 얼굴을 한 명도 알아보지 못했다고 한다. 또한 실어증 때문에 한마디도 나누지 못했다는 것이다.

박미진 사건은 당연히 관할서인 강남경찰서 수사과 강력계에서 담당하고 있다.

강력계에는 경험이 풍부한 날고 기는 민완 형사들이 수두룩하지만, 목격자도 증거도 희박하기 때문에 별 진전도 없이 답보상태에 놓여 있다는 것이다.

그렇더라도 고방아가 박미진 강간 폭행 사건 파일을 볼 수 있다면 큰 도움이 될 터이다.

하지만 아무리 꼴통인 고방아라고 해도 교통과 소속인 그녀가 강남경찰서 파워의 핵심부인 강력계에 무턱대고 파일을 보자고 요구할 수는 없는 노릇이다.

피해자는 실어증에 걸려 있고 목격자도 없으며, 마땅한 증거도 없고 고방아로선 사건 파일에는 접근조차 하지 못하는 상황이다.

그런 막막한 상황에서 이 사건을 해결한다는 것은 아예 맨땅에 헤딩하는 것이나 다름없다.

최고 수준의 형사들조차 손을 놓고 있는 상황에서 고방아가 이 사건을 해결하려면 그들보다 훨씬 더 뛰어난 능력을 발휘해야만 할 것이다.

또로로롱.

그때 어디선가 피아노 소리가 흘러나왔다. 귀에 익은 곡조, 베토벤의 피아노소나타 문라이트 월광이다. 고방아가 즐겨 듣는 곡 중 하나다.

"경위님 휴대폰 아닙니까?"

박 순경이 고방아의 허리춤을 쳐다보며 물었다.

고방아는 MP3 이어폰에서 흐르는 하이페츠 연주의 바이올린소나타와 휴대폰에서 나는 피아노소나타가 기묘한 조화를 이룬다고 생각하면서 듣고 있었다. 그러다가 박 순경의 말에 허리춤에 꽂아둔 휴대폰을 느긋하게 꺼내 폴더를 열고 왼쪽 귀의 이어폰을 빼고 갖다 댔다.

"고방아 씬가요?"

휴대폰에서 흘러나오는 처음 듣는 여자의 목소리에 고방아는 잠긴 목소리로 되물었다.

"누굽니까?"

"고방아 씨 맞나요?"

"그렇습니다."

고방아의 전화 받는 목소리는 사무적인 딱딱한 말투다.

그때 그녀의 눈이 창밖을 향하다가 교복을 입은 한 여고생이 교문을 나서는 것을 발견하고는 즉각 휴대폰을 끊고 경찰차 밖으로 나가 여고생에게 다가갔다.

고방아가 다가가고 있는 여고생은 강간 폭행 피해자 박미진의 제일 친한 같은 반 친구, 즉 절친 손예은이다.

박미진 엄마에게서 들은 얘기니까 확실할 것이다. 박미진 엄마의 말에 의하면 형사들은 수박 겉핥기 식으로 박미진 친구들을 대충 조사했다고 한다.

그래서 고방아는 현재로선 증거가 전무하니까 박미진의
절친인 손예은을 파보면 뭔가 나오지 않을까 기대하고 있는
것이다.

설사 그렇지 않더라도 피해자의 절친을 집중적으로 파헤
치는 것은 수사의 기본이다.

특히 강간 사건 같은 범죄의 범인은 피해자 주변 인물들인
경우가 비일비재하다.

고방아는 박미진 엄마에게서 절친 손예은의 휴대폰 번호
를 알아와서 그녀에게 전화를 했었다.

박미진 일로 물어볼 것이 있으니까 점심시간에 잠시 교문
밖으로 나오라고 했는데 점심시간이 다 끝나가는 12시 55분
이 돼서야 손예은이 쭈뼛거리면서 나온 것이다. 어쨌든 나왔
으니까 됐다.

"손예은 양?"

모델 뺨치는 외모에 짙은 선글라스를 끼고 긴 머리카락을
휘날리는 여자경찰이 다가오자 위압감을 느낀 손예은은 멈칫
하며 얼굴 가득 경계의 기색이 떠올랐다.

전화로 만나자고 한 여자가 설마 여경일 줄은 예상하지 못
했기 때문이다.

"저… 경찰에는 알고 있는 것 벌써 다 말했는데요?"

손예은은 도망칠 궁리부터 했다. 죄를 짓지 않은 사람이라

도 경찰을 보면 일단 경계부터 하는 것이 일반인들의 심리다.

"나 미진이 사촌언니야."

"아……."

고방아의 말에 손예은의 얼굴에서 경계와 두려워하는 기색이 조금씩 사라지는 것이 보였다.

고방아는 레이밴 선글라스를 벗었다. 그러자 긴 속눈썹에 서글서글하고 아름다운 큰 눈이 나타났다.

선글라스, 더구나 짙은 색의 선글라스는 상대에게 위화감을 줄 수가 있다.

그러나 상대 앞에서 선글라스를 벗는 행동은, 그러면서 부드럽게 미소를 지어주는 것은 적의가 없다는 뜻을 나타내는 것이기도 한다.

고방아는 사촌동생을 걱정하는 언니의 자상한 표정을 지으며 부드럽게 말했다.

"미진이에 대해서 아는 대로 말해줄 수 있겠어? 이를테면 경찰에게 말하지 않았던 얘기라든가."

손예은은 미진이에게 이렇게 멋진 사촌언니가 있다는 말을 들었던가 하고 잠시 생각하다가 조금 머뭇거리면서 조심스럽게 고개를 끄덕였다.

"네."

또로로롱.

그때 고방아 허리춤의 휴대폰에서 베토벤의 월광 피아노 소나타가 다시 흘러나왔다. 하지만 그녀는 묵살하고 아예 휴대폰 전원을 꺼버렸다.

*　　　*　　　*

"이건 도대체……."

MRI와 CT 촬영 필름을 한참 동안 들여다보던 신경외과 과장 겸 한성대학병원 교수는 망연자실한 표정을 짓다가 다시 한 번 필름을 자세히 살펴보았다.

그러나 아무리 들여다봐도 필름에서는 암세포가 전혀 발견되지 않았다.

MRI와 CT가 잘못될 리가 없다. 더구나 이것은 세 번째로 찍은 필름이다.

그 말은 똑같은 과정을 세 번이나 거듭 되풀이해서 확인하고 있다는 뜻이다.

이 자리에는 신경외과 과장만 있는 것이 아니다. 방사선 종양학과 과장과 아랑 담당 의사와 전문의들, 그리고 이 놀라운 사건에 대한 소문을 듣고 몰려온 이 병원 관계자들이 잔뜩 모여서 필름에 시선을 집중하고 있다.

그리고 한쪽에는 아랑과 아랑 엄마가 나란히 서서 서로 손을 꼭 잡은 채 초조한 표정으로 결과를 기다리고 있다.

왼쪽 필름은 아랑이 응급실에 실려 왔을 때 찍은 것이고, 오른쪽의 것은 오늘 아침에 찍은 것, 그리고 맨 오른쪽의 것들은 조금 전에 찍은 것이다.

그래서 아랑의 몸속에 있는 암세포의 변화 추이를 한눈에 비교할 수가 있다.

모든 의료진이 필름을 보면서 웅성거렸다. 그리고 그들의 표정은 한결같았다.

사실 어제까지만 해도 아랑의 암세포는 굉장히 활성화되는 중이고 또 다른 곳으로 거침없이 전이되고 있었다.

그래서 어제 응급실에서 그것을 보고 신경외과 과장이 내린 결정은 수술이나 방사선 치료, 약물 치료, 수술 중에서 그 어느 방법으로도 치료가 불가능하다는 것이었다. 즉, 죽는 날만 기다려야 한다는 뜻이다.

그런데 지금은 필름에서 도저히 암세포를 찾아낼 수가 없는 상황이다.

아니, 암세포가 증식하고 있었던 부위가 어디였는지조차 찾지 못하고 있다.

몇 차례에 걸친 지루한 판독이 끝나고 나서도 잠시가 지나서야 의료진 대표로 신경외과 과장이 아랑과 엄마에게 다가와 앞에 멈춰 섰다.

그의 표정은 너무도 진지하고 엄숙해서 아랑과 엄마는 그가 무슨 말을 할 것인지 짐작하기가 어려웠다.

그래서 두 여자는 맞잡은 손에 잔뜩 힘을 주고 긴장과 두려움에 가늘게 몸을 떨며 신경외과 과장의 말을 기다렸다. 그의 말이 아랑의 생사를 가를 것이기 때문이다.

"흠!"

신경외과 과장은 주먹을 입에 대고 낮게 헛기침을 한 후에 가라앉은 목소리로 입을 열었다.

"검사 결과 서아랑 환자의 뇌종양은 깨끗하게 완치된 것이 분명합니다."

"아……."

"엄마……."

아랑과 엄마는 왈칵 눈물을 쏟았다. 아랑은 자기가 분명히 완치됐을 것이라는 믿음을 확인했지만 엄마는 재확인이 필요했다.

"분명한가요? 우리 랑이가 이제 죽지 않는 건가요?"

신경외과 과장은 미소를 지으며 고개를 끄덕였다.

"MRI와 CT가 둘 다 동시에 고장 난 것이 아니라면 틀림없습니다."

"거봐. 내가 뭐랬어, 엄마."

"랑아, 엄마는 꿈을 꾸는 것만 같구나."

엄마는 아랑을 꼭 안고 기쁨의 눈물을 주체하지 못했다.

아랑이 검사를 받으러 가고, 최선아가 없는 사이에 또다시
꽁지머리가 연달아의 병실로 찾아왔다.

그런데 이번에는 여자 한 명을 데리고 왔다. 그녀는 꽁지머
리의 포르쉐가 연달아를 쳤을 때 조수석에 함께 타고 있었던
꽁지머리의 애인이다.

꽁지머리는 창가에 서서 창밖을 내다보고 있는 연달아를
보고 크게 놀라는 표정을 지었다.

혼수상태이거나 아니면 침대에 누워서 꼼짝도 하지 못하
고 있을 것이라고 생각한 연달아가 아무렇지도 않은 듯이 서
있었기 때문이다.

더구나 링거도 맞지 않고 뇌파와 심장 박동을 체크하는 전
선 따위도 부착하지 않은 멀쩡한 모습이다.

하지만 꽁지머리는 언제까지 놀라고 있을 수는 없었다. 해
야 할 일이 있기 때문이다. 즉, 연달아에게 용서를 빌면서 합
의해 달라고 부탁하는 것이다.

지금 연달아가 아무리 멀쩡한 모습으로 서 있다고 해도 그
가 병원 응급실에 실려 왔을 당시에는 거의 숨이 끊어지기 직
전이었고 진단이 6개월이나 나왔다.

그러므로 합의를 하지 않는다면 꽁지머리가 쇠고랑을 찰

수밖에 없는 상황은 변하지 않는다.

연달아는 뒤에서 꽁지머리가 실컷 떠들게 내버려 두었다가 그가 하소연을 끝내고 눈물을 흘리며 훌쩍거리고 있을 때 비로소 천천히 뒤돌아보았다.

꽁지머리와 애인은 침대 너머에 나란히 무릎을 꿇고 있다가 연달아를 보고는 움찔 긴장하는 표정을 지었다.

두 사람이 본 연달아는 추호도 환자의 모습이 아니다. 그러기는커녕 너무도 훤칠하고 당당한 모습이라 보는 순간 기가 팍 질렸다.

꽁지머리처럼 애인도 얼굴이 눈물범벅이었다. 꽁지머리가 감방에 잡혀 들어갈 상상을 하니까 눈물이 나올 수밖에 없는 모양이다.

그녀는 스물두세 살쯤 되어 보였으며, 아담한 체구에 갸름하고 가무잡잡하며 예쁘장한 얼굴을 지녔다. 그리고 어딘가 다부지게 보였다.

"저 때문이에요!"

그때 느닷없이 꽁지머리 애인이 두 손으로 바닥을 짚고 연달아를 우러러보며 흐느꼈다.

"그날 오빠는 하기 싫다고 했는데 제가 오빠에게 배틀을 하라고 부추겼어요. 재규어를 타는 병만 오빠가 하도 으스대는 바람에 너무 눈꼴셔서 지기 싫었거든요. 그래서 사고가 난 거예요."

"그만둬!"

꽁지머리가 착잡한 얼굴로 애인을 만류했다.

애인은 꽁지머리를 보며 안타까운 표정을 지었다.

"오빠, 미안해. 다 나 때문이야."

"흠!"

그때 연달아가 가볍게 헛기침을 하자 꽁지머리와 애인은 말을 멈추고 즉시 그를 쳐다보았다.

사실 연달아는 아랑을 만나고 난 이후에 만약 꽁지머리가 다시 찾아온다면 용서해 주기로 마음을 먹었었다.

아랑이 삶과 죽음의 생사기로에서 힘들어하는 것을 옆에서 지켜본 연달아는 꽁지머리도 교통사고를 내고 나서 몹시 괴로워하고 있을 것이라고 짐작했던 것이다.

더구나 꽁지머리는 큰 잘못이 없다. 느닷없이 하늘에서 뚝 떨어진 자신을 그가 어떻게 피할 수 있었겠는가.

"자네, 이름이 뭔가?"

연달아가 꽁지머리를 쳐다보지도 않고 조용히 묻자 꽁지머리는 의아한 표정으로 그를 올려다보다가 애인이 어깨를 툭 건드리자 급히 대답했다.

"고선우입니다."

"음?"

연달아는 그저 아무 생각 없이 꽁지머리의 이름을 물었다
가 뜻밖이라는 표정을 지으며 그를 보았다.

"고선우라고 어떻게 쓰지?"

"네?"

연달아의 물음에 꽁지머리 고선우는 의아한 표정을 지었
다가 주위를 두리번거렸다.

그리고는 침대 머리맡에 메모지와 볼펜이 있는 것을 발견
하고 집어 들었다. 보통 '이름을 어떻게 쓰느냐?' 라고 물으
면 한자로 어떻게 쓰느냐는 뜻이므로 그는 자기 이름을 정성
껏 한자로 썼다.

"이게… 제 이름입니다."

그는 연달아에게 두 손으로 공손히 메모지를 내밀었다.

高善右

'똑같다.'

메모지를 들여다본 연달아는 놀라면서도 조금 어이없다는
표정을 지었다. 이건 우연의 일치라고 넘어가기에는 너무도
신기한 일이다.

그는 고선우를 굳은 얼굴로 주시했다. 그가 고선우의 얼굴
을 제대로 자세히 보는 것은 지금이 처음이다. 그러다가 그는

가볍게 움찔 놀랐다. 고선우의 얼굴에 또 다른 사람의 얼굴이 겹쳐졌기 때문이다.

요동욕살 연달아의 최고 심복은 좌우 두 명의 처려근지였다. 그런데 지금 꽁지머리 고선우의 얼굴에 연달아의 오른쪽을 맡고 있는, 즉 우익 처려근지의 얼굴이 겹쳐졌다.

그런데 우익 처려근지의 이름도 고선우였다. 그리고 이제 보니까 처려근지 고선우와 꽁지머리 고선우는 지나칠 정도로 많이 닮은 얼굴이다.

착각이 아니라 꽁지머리에게 처려근지 복장을 입혀놓으면 영락없는 우익 처려근지 고선우처럼 보일 정도다.

처려근지 고선우는 보장태왕의 조카다. 즉, 보장태왕의 동생 아들이며 유성왕자(流星王子)라고 불렸다. 그러므로 고선우는 당당한 고구려 왕족인 것이다.

그런데 이게 무슨 말도 안 되는 일이라는 말인가? 이쪽의 알지도 못하는 세상에서 연달아를 차로 친 자가 유성왕자와 이름도 용모도 똑같은 고선우라니, 이것은 도대체 무엇을 암시하고 있는 것인가.

더구나 이런 시점에 꽁지머리 고선우가 무엇 때문에 연달아 앞에 나타났다는 말인가?

고선우와 애인은 연달아가 메모지를 읽고 나서 아무 말도 하지 않고 무서운 얼굴로 고선우를 쏘아보기만 하자 바짝 긴장해서 숨소리도 크게 내지 못했다.

연달아는 메모지를 한 번 더 살펴보고 나서 다시 고선우를 쳐다보며 물었다.

"자네 부친 존함이 무엇인가?"

"고 자 연 자, 고연입니다만……."

연달아의 표정이 확 굳어졌다.

'역시…….'

연달아의 심복인 유성왕자 고선우의 부친 이름도 고연이었다. 그리고 고연은 보장태왕의 친동생이었다.

연달아는 알 수 없는 운명이 자신과 고선우를 연결하고 있다는 사실을 감지했다.

그때 그는 비로소 고선우 옆에 앉아 있는 애인을 슬쩍 쳐다보다가 가볍게 움찔했다.

연달아는 유성왕자 고선우의 부인을 너무나 잘 알고 있다. 그런데 지금 연달아가 보고 있는 여자는 그녀와 영락없이 닮은 용모다.

"혹시 그대 이름은 연연화(淵蓮花)가 아닌가?"

이상한 운명을 예감하면서 연달아가 조심스럽게 물었다.

꽁지머리와 애인은 동시에 화들짝 놀랐다.

"네? 그걸 어떻게……."

"아버지 이름은 연정토(淵淨土)인가?"

"맞… 아요……."

꽁지머리 애인은 눈을 동그랗게 뜨고 놀라면서 연달아를 바라보았다.

그녀의 이름을 알고 있는 사람은 애인인 고선우뿐이다. 더구나 고선우조차도 그녀의 아버지가 뭘 하는 사람인지에 대해서는 전혀 모르고 있다.

연달아는 복잡한 표정을 지으며 고선우와 연연화를 번갈아 쳐다보았다.

'이것은 도대체 무얼 뜻하는 거지?

연정토는 연달아 바로 위의 친형이다. 연개소문에게는 모두 다섯 명의 아들이 있었으며, 연정토가 넷째고 연달아가 늦둥이 막내아들이었다.

그러니까 유성왕자 고선우의 부인 연연화는 연달아의 조카인 것이다.

도대체 이게 무슨 일인지 연달아는 갈피를 잡지 못했다. 정자산 동굴에서 만난 낯선 사내가 연달아를 이곳으로 보낸 것과 고선우, 연연화를 만난 것이 무슨 연관이 있는 것인지 아니면 우연인지 모를 일이다. 아니다. 이것은 절대로 우연일 리가 없다.

지금 그의 앞에 무릎을 꿇고 있는 고선우와 연연화는 용모뿐만 아니라 이름까지도 고구려의 고선우, 연연화와 일치하고 있다.

그것뿐인가. 이 두 사람의 아버지까지도 이름이 고연과 연정토라고 한다. 과연 이것을 어떻게 우연이라고 할 수 있다는 말인가.

그때부터 연달아는 아무 말도 하지 않고 뒤돌아선 채 창밖만 바라보았다.

지금 자기 앞에서 벌어지고 있는 일에 대해서 깊이 생각하고 있는 것이다.

고선우와 연연화는 나란히 무릎을 꿇은 채 연달아의 뒷모습을 바라보며 의아한 마음을 감추지 못했다.

연달아가 연연화의 이름과 그녀 아버지의 이름을 알고 있으며, 그것을 자기 입으로 말한 이후부터 저렇게 뒤돌아서서 아무 말도 하지 않고 있기 때문이다.

마침내 기다리다 못한 고선우가 조심스럽게 입을 열었다.

"저……."

그런데 연연화가 팔꿈치로 고선우의 옆구리를 쿡 찌르며 가만히 있으라는 신호를 보냈다.

연연화는 연달아에게서 어떤 강한 느낌을 받았다. 그것이 무엇인지는 설명하기 어렵지만 매우 중요하다는 것만 느낄 수 있었다.

연달아는 이윽고 천천히 돌아서서 두 사람을 굽어보며 말문을 열었다.

"교통사고 일은 용서하겠다."

고선우와 연연화는 자기들의 귀를 의심하는 것 같은 표정을 지었다.

웬만해서는 용서해 줄 것 같지 않던 연달아가 이렇게 쉽게 자비를 베풀 것이라고는 조금도 예상하지 않았기 때문이다.

"고, 고맙습니다!"

고선우는 기쁜 표정을 짓더니 조심스럽게 물었다.

"합의금은 얼마나……."

"필요없다."

"네?"

"이제 그만 가라."

연달아는 두 사람을 붙잡고 싶은 생각이 없다. 만약 자신과 이들과의 만남이 우연이 아니라 필연이라면 언젠가는 또다시 만나게 될 것이라고 생각했다. 그런 일이 일어난다면 그때는 정말 이들을 붙잡고 뭔가를 캐볼 것이다.

합의금도 필요없다면서 내쫓는 연달아를 고선우와 연연화는 놀라는 표정으로 쳐다보았다.

두 사람은 엉거주춤하며 일어섰다. 이어서 고선우가 입고 있던 점퍼 안주머니에서 곱게 접은 종이를 펼치며 조심스럽게 말했다.

"그럼 여기에 서명이라도……."

"서명?"

"저하고 합의했다는……."

"무얼 쓰라는 것이냐?"

연달아는 매우 심기가 불편하기 때문에 표정과 목소리가 자연히 딱딱해졌다.

"여기에 성함을 써주시면……."

"성함이 뭐냐?"

"이름을……."

연달아는 고선우가 내미는 볼펜을 잡고 그가 가리키는 종이의 아래쪽 빈칸에 자기 이름 석 자를 일필휘지 달필로 단번에 썼다.

淵達雅

고선우는 법조계에서 꽤 명성이 자자한 변호사가 만들어준 합의서에 서명까지 받았으니까 이것으로 골치 아픈 교통사고 건은 끝이라고 생각했다. 연달아가 보여준 이상한 행동 같은 것은 상관할 바가 아니다.

하지만 마지막 순간에 연달아에게 깍듯이 인사하는 것을 잊지 않았다.

“정말 고맙습니다.”

그러나 연달아는 대꾸도 하지 않고 침대에 벌렁 누웠다. 그리고는 그때부터 눈을 감고 두 사람에게 더 이상 눈길을 주지 않았다.

그때 연연화가 어깨너머로 고선우가 손에 쥐고 있는 합의서를 읽어보다가 가볍게 흠칫 놀라는 표정을 지었다.

그러더니 고선우에게서 합의서를 뺏듯이 낚아채서 자세히 읽어보았다.

합의서 서명란에 쓴 이름 중에 ‘연(淵)’이라는 성이 커다랗게 확대되어 시야에 들어왔다. 이제 보니까 연달아는 그녀와 같은 종씨(宗氏)인 연 씨였던 것이다.

연연화는 깜짝 놀라면서 연달아를 쳐다보았다. 그녀는 자기네 연 씨가 매우 희성이라서 대한민국을 통틀어 백 명도 채 안 된다고 아버지에게 들었던 기억이 있다. 실제로 그녀도 자기와 같은 연 씨를 만난 적이 한 번도 없었다.

연연화는 그 백 명도 안 되는 연 씨를 이런 곳에서 만날 줄은 꿈에도 예상하지 못했다.

더구나 애인 고선우가 교통사고를 내서 중상을 입힌 사람이 연 씨라니 우연이라고 하기에는 너무나 신기했다. 그래서 그녀는 이 만남에 알 수 없는 어떤 계시 같은 것이 있는 것이 아닌가 하는 막연한 생각마저 들었다.

뿐만 아니라 연달아는 연연화의 이름을 알아맞히고 나서 대뜸 아버지 이름까지 맞히지 않았는가.

"저희 아버지를 아세요?"

"네 아버지에게 나를 아는지 물어봐라."

연연화의 조심스러운 물음에 연달아는 누운 채 눈도 뜨지 않고 무뚝뚝하게 대답했다.

연연화는 연달아의 거침없는 반말에도 이상하게 반발하는 마음이 조금도 생기지 않았다.

오히려 그가 반말을 하지 않으면 이상할 것 같다는 생각마저 들었다. 평소 자존심 강하고 깐깐하기로 소문난 그녀인데 말이다.

이후 연연화가 몇 마디 더 물어봤지만 연달아는 입을 굳게 다물었다.

연연화는 복잡한 표정이지만 한 가지 사실만은 분명하다고 확신했다.

즉, 연달아가 용서를 해준 이유는 그가 연연화와 같은 연씨이고, 그녀가 알지 못하는 깊은 사연 같은 것이 있을 것이라고 말이다.

잠시 후에 고선우와 연연화는 조심스럽게 병실을 나갔다.

누워서 창밖을 내다보고 있던 연달아는 한참 후에 고개를 돌리다가 침대 머리맡 탁자 위에 하나의 봉투가 놓여 있는 것을 발견했다.

봉투를 뒤집자 안에서 종이쪽지 두 개가 탁자로 흘러내렸다.

조그만 메모지에는 'Tel 010—554—77XX 연연화' 라고 적혀 있었다.

하지만 연달아는 그 글과 숫자를 읽지 못했다. 고구려시대에는 아직 아라비아숫자를 사용하지 않았기 때문이다.

그리고 또 하나의 종이는 메모지보다 조금 더 컸으며, 1억 원짜리 자기앞수표였다.

꽁지머리 고선우가 합의금으로 놓고 간 것이지만, 연달아는 그 역시도 무엇인지 알지 못했다.

연달아는 침대에 똑바로 누워서 두 팔을 머리 뒤로 돌려 팔베개를 하고 눈을 감은 채 아까 병실에 왔던 고선우와 연연화에 대해서 곰곰이 생각하는 중이다.

"으앙! 달아 오빠!"

그때 병실 문이 벌컥 열리고 아랑이 울면서 병실 안으로 넘어질 것처럼 달려들어 왔다.

연달아가 일어나 앉자 아랑은 그대로 그의 품으로 뛰어들며 더 크게 울었다.

"엉엉! 달아 오빠! 저 병이 다 나았대요! 이제 죽지 않아도 된대요! 으엉엉!"

연달아는 빙그레 미소 지으며 아이처럼 우는 아랑의 등을 토닥여 주었다.

아랑의 병이 완치됐다는 사실은 그가 몸속에 있는 전능을 자신의 의지에 따라서 사용할 수 있게 되었다는 뜻이라서 더욱 기뻤다.

"잘됐다."

연달아는 그 말뿐 아무 말도 하지 않고 아랑을 토닥여 주기만 했다.

침대 옆의 의자에 앉은 아랑 엄마는 연달아를 보면서 진지한 표정으로 입을 열었다.

"연달아 씨에게 뭐라고 감사드려야 할지 모르겠어요."

"별일 아니오."

연달아는 대수롭지 않다는 듯 말했다.

아랑 엄마는 연달아의 그런 독특하면서도 무뚝뚝한 말투에 어느 정도 익숙해진 듯했다.

그러나 연달아의 말에 아랑 엄마의 표정이 묘하게 변했다. 그녀는 차분하려고 애쓰면서 말을 이었다.

"무례한 일인 줄은 알지만 저는 연달아 씨가 랑이를 살려준 것에 대한 사례를 꼭 하고 싶어요."

아랑은 연달아의 옆에 다소곳이 앉아 있었다. 그녀는 평소처럼 연달아에게 달라붙지도 않고 매우 긴장된 표정으로 입을 꼭 다물고 있었다.

"필요없소."

연달아는 일언지하에 거절했다.

"그럼 연달아 씨가 뭔가 원하는 것이라도……."

"내가 바라는 것은 한 가지뿐이오."

아랑 엄마는 반색했고, 아랑은 더욱 긴장했다.

"말씀해 보세요."

연달아는 옆에 앉은 아랑의 머리를 부드럽게 쓰다듬었다.

"랑이가 건강하면 그것으로 됐소."

순간 아랑의 얼굴이 마치 꽃봉오리가 활짝 피듯이 얼굴 가득 기쁨이 넘쳤다. 그녀는 와르르 눈물을 쏟으며 엄마에게 소리쳤다.

"그것 봐! 내가 뭐랬어? 달아 오빠는 돈 같은 것 바라지 않을 거라고 말했지?"

그리고 아랑은 연달아의 무릎에 얼굴을 묻으며 참았던 울음을 터뜨렸다.

"와아앙!"

아랑 엄마는 아랑의 머리카락을 쓰다듬고 있는 연달아를 보면서 눈물을 글썽였다.

또 다른 감동이다. 그녀는 연달아를 보면서 세상에 어떻게 이렇게 훌륭하고 선한 사람이 존재할 수 있는지 믿어지지 않는다는 표정을 지었다.

그러나 그녀는 곧 눈물을 닦고 허리를 펴더니 정색을 했다.

"정식으로 제 소개를 하겠어요. 랑이 엄마 서유라예요."

연달아는 아무 말도 아무런 동작도 하지 않고 물끄러미 그녀를 바라보았다.

아랑 엄마 서유라는 가볍게 놀라는 표정을 지었다.

"저를… 모르세요? 서유라라는 제 이름을 들어본 적이 없나요?"

그때 연달아의 무릎에 엎드려 있던 아랑이 상체를 발딱 일으키더니 연달아가 대답하기 전에 그의 무뚝뚝한 목소리를 흉내 내서 말했다.

"내가 알아야 하오?"

아랑은 연달아에게 배시시 미소 지었다.

"그렇게 말하려고 했죠?"

사실 연달아는 그렇게 말하려고 했다. 얼마 전에 아랑이 연달아에게 자기를 모르느냐고 의아한 얼굴로 물었을 때 그는 '알아야 하느냐?'고 되물은 적이 있다. 아랑은 그걸 기억하고 있었던 것이다.

"그래."

연달아가 빙그레 미소 지으면서 아랑의 머리를 쓰다듬자 그녀는 엄마 서유라에게 아는 체를 했다.

"엄마, 달아 오빠는 대한민국 사람이 아닌 것 같아. 어쩌면 교포인지도 모르겠어."

제8장

텐쿄오 입국

RUNNER
런너

아랑은 뇌종양이 완벽하게 완치됐다는 결과가 나왔고, 또 퇴원해도 된다는 의사의 말을 들었지만 퇴원하지 않았다.

그녀는 연달아가 입원하고 있는 동안에는 자기도 같은 병실에서 그와 함께 있겠다고 우겼으며, 엄마 서유라도 반대하지 않았고 병원 측에서도 동의했다.

그 이후 연달아와 아랑은 둘이 한시도 떨어지지 않았다. 아니, 아랑이 연달아 곁에서 떨어지려고 하지 않았다.

그렇게 아랑은 연달아가 이곳 세상에 온 이후 간호사 최선아를 밀어내고 가장 가까운 사람이 되었다.

“달아 오빠, 이상해요.”

아랑은 연달아를 보면서 이해할 수 없다는 듯이 고개를 갸웃거렸다.

그녀는 연달아와 함께 있게 된 지 한 시간 만에 그가 매우 이상하다는 사실을 알게 되었다. 뇌종양을 앓고 있을 때에는 갖지 못했던 의문이다.

그도 그럴 것이, 연달아는 아랑이 하는 말 거의 대부분을 알아듣지 못했다.

물론 아랑이 하는 말은 2012년 대한민국의 현재에 대한 내용들이 전부였다.

그러므로 연달아가 알아듣지 못하는 것이 당연했다. 그리고 그것 때문에 아랑은 연달아를 처음으로 이상한 사람이라 생각하게 되었다.

아랑은 침대에 책상다리를 하고 앉아 있는 연달아 앞에 마주 보고 자기도 같은 자세로 앉아서 그를 말끄러미 바라보면서 물었다.

“달아 오빠는 대체 누구예요? 해외 교포인가요?”

연달아는 입을 굳게 다물고 고개를 돌려 창밖을 내다보았다. 뭐라고 말해야 할지 그 자신도 알지 못했다.

해가 지기 직전의 불그스름한 아름다운 풍경이 도시 전역에 펼쳐지고 있었다. 하지만 오골성에서 내려다보는 요동벌의 석양 풍경만은 못했다.

갑자기 연달아의 얼굴이 굳어지는 것을 보고 아랑은 자기가 무엇인가 잘못했다는 것을 느꼈다. 그래서 금세 울상이 되어 두 손을 앞에 모았다.

"미안해요. 이제 그런 말은 하지 않을게요."

그런데도 연달아는 창밖에 시선을 준 채 석상이 된 듯 꼼짝도 하지 않았다.

아랑은 자기가 무언가 실수를 했다는 생각에 어쩔 줄을 모르고 마음을 조였다.

"달아 오빠, 저는……."

"랑아."

그때 연달아가 그녀를 똑바로 보면서 경직된 목소리로 말문을 열었다.

"네?"

아랑은 깜짝 놀랐다.

연달아는 아랑을 주시하며 조용히 말했다.

"랑이는 날 얼마나 믿느냐?"

기다릴 필요도 없이 즉각 아랑의 대답이 돌아왔다.

"목숨을 다해서 믿어요."

연달아는 가볍게 고개를 끄덕였다. 그 모습을 보면서 아랑은 몹시 긴장해서 눈도 깜빡이지 않고 그를 주시했다.

연달아는 이제 아랑에게 모든 것을 다 밝히려고 마음먹었다. 그러고 나서 그녀에게 도움을 청할 것이다.

"고구려라고 알고 있느냐?"

연달아는 밑도 끝도 없이 그렇게 물었다. 그는 아랑이 고구려를 모를 수도 있다고 생각했다.

아랑은 연달아가 어째서 뜬금없이 고구려에 대해서 말을 꺼내는지 의아했으나 고개를 끄덕였다.

"네."

서울 유수의 명문고에서 전교 우등을 놓치지 않고 있는 아랑은 책에서 배운 만큼은 고구려에 대해서 알고 있다. 아니, 웬만큼 역사를 좋아하는 사람들보다 더 많은 사실을 알고 있는 그녀다.

"고구려에 대해서 얼마나 알고 있지?"

아랑은 막힘없이 대답했다.

"기원전 37년에 동명왕 주몽이 동가강, 혹은 비류수 유역에 건국한 나라가 고구려예요. 처음에는 졸본(卒本) 지방에서 일어나 차츰 강대해져서 한반도 한강 이북과 요동을 비롯한 중국 동북(東北) 지역, 연해주, 시베리아, 바이칼 호수까지 전체를 지배하는 대제국으로 발전했지요. 하지만 신라와 당나라의 나당연합군에 의해서 서기 668년 평양성이 함락되면서 보장왕을 끝으로 멸망하고 말았어요.”

연달아는 아랑의 설명을 듣는 동안 가슴이 콱 막혀오는 것을 느꼈다.

그녀의 말 중에서 알아듣지 못하는 부분이 몇 군데 있었지만 대부분은 알아들었다.

그녀가 고구려에 대해서 너무나 자세히 알고 있다는 사실이 뜻밖이었다. 그리고 고구려가 나당연합군에 의해서 멸망한 것이 이곳 세상에서는 이미 기정사실화됐다는 사실에 마음이 쓰라렸다.

대답을 마친 아랑은 맑은 눈동자로 연달아를 바라보았다.

연달아는 잠시 침묵을 지키다가 다시 입을 열었다.

“랑아, 네가 고구려에 대해서 어떻게 그리 자세히 알고 있느냐?”

“고구려는 우리나라의 고대국가이기 때문에 후손이 알고 있는 것은 당연한 일이죠.”

“고구려가 고대국가라고?”

“그럼요. 고구려가 멸망한 지가…….”

아랑은 연달아가 받을 충격을 짐작도 하지 못한 채 손가락을 꼽더니 즉시 대답했다.

“무려 1344년이나 흘렀으니까 고구려를 고대국가라고 하는 것이 당연하죠.”

"1344년이라고?"

연달아는 너무 큰 충격을 받고 멍한 표정을 지었다.

그는 아랑이 거짓말을 하고 있는 것이 아니라는 사실을 잘 알고 있다. 하지만 그녀의 말을 받아들이기에는 충격이 너무나 컸다.

보장태왕이 나당연합군에 항복했다는 소식을 들은 날로부터 1344년이나 미래로 오게 되다니, 그는 자기가 이상한 세상으로 왔다는 추측은 했으나 이런 상황일 줄은 조금도 예상하지 못했다.

아랑은 연달아의 얼굴이 창백하게 변하는 것을 걱정스럽게 바라보고 있지만 함부로 말을 붙이기가 어려웠다.

그녀는 연달아가 매우 굴강하고 세상에서 무서울 것이 없는 사내대장부라고 알고 있다. 그런데 지금 그는 엄청난 충격을 받은 모습을 하고 있다. 과연 무엇 때문에 그가 충격을 받은 것인지 알 수가 없다.

'나는 고구려가 멸망한 지 1344년이 흘렀다는 말밖에 하지 않았는데……'

그게 연달아를 이 정도의 충격 속으로 몰아넣었을 것이라는 생각은 들지 않았다.

그때 연달아가 여전히 충격 받은 표정으로 중얼거렸다.

"기원전 37년이라는 것과 고구려가 멸망한 서기 668년 같은 것이 무슨 뜻이냐?"

아랑은 조심스럽게 대답했다.

"예수가 탄생한 해를 원년으로……."

"랑아."

"네?"

"이제부터는 나를 대여섯 살짜리 어린아이라 여기고 쉽게 설명해 다오."

아랑은 잠시 생각을 정리하는 듯하더니 설명을 시작했다.

"우리나라가 속한 동방이 아닌 서방의 사람들이 믿는 종교에 예수를 믿는 기독교라는 것이 있어요. 서방에서는 예수가 태어난 해를 원년으로 한 서력(西曆)을 날짜로 삼아요. 그 서력이 널리 보급되면서 동방으로 퍼졌고, 백여 년 전부터 우리나라도 서력을 사용하게 되었어요. 그래서 서력으로 따질 때 고구려 개국을 기원전, 즉 예수가 태어난 해로부터 37년 전이라 하는 것이고, 고구려가 멸망한 해를 서력, 그러니까 서기(西紀) 668년이라고 하는 거예요."

아랑의 자세한 설명은 연달아로서도 알아듣기가 쉬웠다.

"그렇다면 지금은 서기 몇 년이냐?"

"서기 2012년이에요."

연달아는 또다시 암담한 기분에 사로잡혔다. 그는 분명히 무려 1344년을 뛰어넘어 미래로 온 것이다.

그는 자신이 받은 엄청난 충격을 극복하기 위해서 시간이 필요했다.

아랑은 연달아가 이러는 데에는 무언가 이유가 있을 것이라 생각하고 조용히 기다려 주었다.

그때 문득 연달아는 무슨 생각이 나서 아랑에게 물었다.

"랑아, 이 시대는 문명이 매우 발달했겠지?"

아랑은 미소 지으면서 손으로 창밖의 하늘을 가리켰다.

"물론이에요. 사람이 로켓을 타고 달에도 가고 우주탐사선을 화성과 목성에도 보냈는걸요."

"달에 사람을?"

연달아는 적잖이 놀랐으나 지금은 그게 문제가 아니다.

"그렇다면 과거나 미래로도 갈 수가 있느냐?"

아랑은 고개를 가로저었다.

"그것은 불가능해요. 하지만 과학자들이 열심히 연구하고 있으니까 언젠가는 가능할지도 몰라요."

한 가지 사실만은 분명해졌다. 고구려가 멸망한 후 1344년이 지난 미래에서도 불가능한 일이 연달아 자신에게 일어났다는 것이다.

이윽고 연달아는 착잡한 마음을 억누르며 가슴과 어깨를 쭉 펴면서 조용하지만 묵직한 목소리로 말했다.

"랑아, 나는 요동욕살이며 오골성주인 연달아다."

“……?”

아랑은 그게 무슨 말인지 알아듣지 못하고 어리둥절한 표정으로 그를 바라보았다. 그러면서 방금 그가 한 말을 머릿속으로 반추해 보았다.

“옛? 그게 무슨…….”

“말 그대로다.”

연달아는 지금까지 아랑에게 보여주었던 온화하고 부드러운 이미지하고는 많이 다른 엄숙하면서도 강인한 모습으로 고개를 끄덕였다.

아랑은 눈을 깜빡이면서 한동안 말을 잃고 연달아를 뚫어지게 바라보기만 했다.

“설마…….”

“너는 목숨을 다해서 나를 믿겠다고 말했다.”

“네…….”

그렇게 말했지만 이것은 너무나 엄청난 사실이다. 아니, 연달아가 한 말은 말 자체가 안 된다.

현실적으로 도저히 불가능한 일이다. 어떻게 천 년도 훨씬 넘은 과거 고구려의 사람이 2012년에 나타날 수 있다는 말인가.

그때 연달아의 조용한 목소리가 그녀를 일깨웠다.

“무언가를 믿을 때 목숨까지 바칠 필요는 없다. 말 그대로 믿기만 하면 된다."

그의 말이 옳다. 상대의 말을 믿기 위해서는 그저 단순히 믿기만 하면 되는 것이다.

아랑은 그의 말을 마음으로 깊숙이 받아들이려고 애썼다. 하지만 말이 그렇지 이 엄청난 일을 어떻게 믿을 수 있다는 말인가.

연달아는 침묵을 지키며 아랑을 지켜보았다. 그는 자기가 아무리 설명하려고 애써도 아랑으로서는 이 일을 쉽게 믿지 못한다는 것을 잘 알고 있다. 입장을 바꿔서 생각하더라도 연달아 역시 그랬을 테니까 말이다.

아랑은 한참이나 골똘하게 생각에 잠겼다가 이윽고 연달아에게 고구려의 화폐나 생활양식, 그리고 연달아의 고향과 가족, 고구려에서 연달아의 신분 등에 대해서 이것저것 물었다.

아랑의 물음에 연달아는 추호도 막히지 않고 차분하게 일일이 다 설명했다.

아랑이 무엇을 물어도 연달아는 생각하는 기색 없이 그 즉시 설명해 주었다.

아랑이 듣기에 연달아의 설명은 매우 그럴듯했다. 마치 고구려 사람이 자기네들의 생활에 대해서 설명하는 것처럼 자연스러웠다.

그래서 아랑은 처음보다는 불신이 많이 사라졌다. 그렇다고 해서 연달아가 고구려에서 왔다는 사실을 믿게 된 것은 아니다.

그러나 전혀 믿지 않는 것도 아니다. 특히 연달아가 신비한 능력으로 아랑 자신의 불치병인 악성뇌종양을 하룻밤 만에 완치시켜 준 일은 정말 놀라운 일이다. 그런 일은 현실에서는 도저히 불가능한 것이다.

그렇게 생각하면 연달아의 말을 믿을 수 있을 것 같기도 했다. 그가 악성뇌종양을 하룻밤 만에 완치시킨 일이나, 그가 고구려에서 왔다는 것 둘 다 불가능한 일이기 때문이다.

아랑은 총명하게 눈을 빛내면서 연달아를 바라보며 진지하게 말했다.

"솔직히 말하면 달아 오빠의 말을 완전히 믿지는 못하겠어요. 하지만 전혀 믿지 못하는 것도 아니에요."

연달아는 고개를 끄덕였다.

"네 탓이 아니다."

"그렇지만 믿도록 노력할게요. 제가 달아 오빠의 말을 믿지 않으면 누구 말을 믿겠어요?"

그녀는 마치 큰누나 같은 미소를 지으며 말했다.

"그렇다면 이제 달아 오빠가 어떻게 해서 고구려에서 이곳으로 오게 되었는지 말해보세요."

연달아는 아랑이 매우 총명하다고 생각했다. 보통 사람 같
으면 믿지 못하겠다고 펄펄 뛸 텐데, 아랑은 지금의 상황에
현명하게 대처하고 있는 것이다.

"알았다."

그때부터 연달아는 자신이 이곳에 오게 된 경위에 대해서
하나도 빠뜨리지 않고 상세히 설명했다. 지금으로선 그가 믿
을 사람이 아랑 한 사람뿐이기 때문이다.

이윽고 그의 설명을 모두 듣고 난 아랑의 놀라움은 이만저
만한 것이 아니다. 어떻게 그런 일이 가능한지 이해하기가 어
려웠다.

하지만 이 얘기를 듣기 전보다는 듣고 난 후에 그의 말을
훨씬 더 믿게 되었다.

무엇보다도 그가 말한 '전능'이라는 것 때문이다. '전능'
이 아랑의 악성뇌종양을 완치시켰다면 시간 여행도 가능하지
않았을까 하는 생각이 든 것이다.

아랑은 연달아가 자기에게 거짓말을 할 이유가 조금도 없
다는 사실을 잘 알고 있다. 그것도 그를 믿게끔 하는 데 큰 역
할을 해주었다.

아랑이 놀라움을 미처 다 추스르지도 못했을 때 연달아가
조용한 목소리로 요구했다.

"이제는 네가 말해줄 차례다. 지금 네가 살고 있는 이곳에

대한 지식을 아는 대로 모두 말해다오.”

그즈음에 최선아가 있는 10층 병동 간호사실로 강남경찰서에서 보낸 메일이 도착했다.

병원 측에서 연달아에 대해 강남경찰서에 문의한 인적 사항에 관한 건이었다.

최선아는 연달아의 인적 사항을 옮겨 적은 메모지를 들고 연달아의 병실로 찾아왔다.

“연달아 씨가 기억하지 못한다고 말했던 인적 사항이 강남경찰서에서 도착했어요.”

최선아가 들어왔을 때 연달아와 아랑은 창가에 나란히 서서 창밖을 바라보며 대화를 하고 있었다. 주로 아랑이 설명하고 연달아는 묵묵히 듣는 쪽이었다.

연달아의 부탁으로 아랑이 자기가 알고 있는 2012년 대한민국에 대해서 자세하게 설명하는 중이다. 그녀는 우등생인데다가 독서를 병적으로 좋아하기 때문에 지식이 매우 풍부했다.

‘연달아의 인적 사항’ 이라는 말에 연달아와 아랑은 동시에 돌아서서 최선아에게 다가왔다.

메모지의 내용을 이미 다 외우고 있는 최선아가 메모지를 보지도 않고 말했다.

"연달아 씨 주소는 서울시 송파구 방이 2동 호수그린빌 303호로 되어 있어요. 여기서 아주 가까운 곳이에요. 그리고 생년월일은 1988년 10월 15일이고, 본적지는 부산 해운대구예요. 그래도 기억나는 게 없으세요?"

연달아는 고개를 끄덕일 뿐 아무 말도 하지 않았다.

최선아의 말을 듣고 아랑이 어이없다는 표정을 지었다.

"어떻게 그럴 수가 있죠?"

최선아는 의아한 표정을 지었다. 하지만 아랑이 누군지 알고 있는 그녀는 함부로 말하지 못했다.

"무슨… 말이죠?"

아랑은 연달아가 1344년 전 고구려에서 왔다는 사실을 믿고 있기 때문에 그의 현 주소지가 송파구 방이 2동으로 돼 있다는 것은 말이 되지 않는다고 생각했다. 하지만 그녀는 최선아 앞이라서 그냥 얼버무렸다.

"아무것도 아니에요."

최선아는 무엇인가를 탐지해 내려는 듯한 눈빛으로 연달아와 아랑을 살펴보았다.

하지만 아무 말도 하지 않고 묵묵히 서 있는 두 사람에게서 알아낼 수 있는 것은 없었다.

최선아는 쥐고 있던 메모지를 내밀며 말했다.

"그리고 여기 아래쪽에 고방아 씨의 전화번호를 적어놨어요. 제가 고방아씨에게 여러 차례 전화를 했는데도 받지 않더군요. 처음에 한 번 받았을 때는 그 여자가 매너없이 끊어버렸어요.”

그녀는 그것 때문에 기분이 별로 좋지 않은 듯한 표정으로 빠르게 말했다.

“자꾸만 음성사서함으로 넘어가기에 고방아 씨에게 연달아 씨에 대해서 대충 메시지를 남겼어요.”

최선아가 내민 메모지를 연달아 대신 아랑이 받았다.

최선아는 아랑이 연달아의 대변인처럼 구는 것이 이상했으나 내색하지는 않았다.

연달아는 최선아가 하는 말을 거의 알아듣지 못했지만 나중에 아랑에게 설명을 들으면 되니까 잠자코 있었다.

최선아는 연달아가 무슨 말을 하기를 기다렸으나 그는 묵묵히 있다가 가볍게 고개를 끄덕였다.

“수고했소.”

나가보라는 뜻이다. 최선아는 조금 섭섭한 표정을 지었다. 하지만 아랑에게 볼일이 남은 그녀는 갖고 온 매직펜 뚜껑을 열어 아랑에게 두 손으로 공손히 내밀면서 부탁했다.

“저… 사인 좀 해주실래요?”

“그러죠.”

최선아를 빨리 내보내고 싶은 아랑은 선뜻 매직펜을 받아들었다. 그러자 최선아는 간호사 카디건을 벗고는 아랑에게 등을 내밀었다.

스스슥.

아랑은 최선아의 간호사복 등에다 멋들어지게 사인을 해주고 나서 다짐을 받듯 말했다.

"내가 입원해 있다는 것 소문내지 않았죠?"

"물론이에요. 아랑 양이 입원했다는 사실은 10층 병동에서 저하고 간호부장님밖에 몰라요."

"알았어요. 그만 나가보세요."

최선아는 내쫓는 것이나 다름없는 말을 듣고 머뭇거리면서 연달아를 쳐다보았다. 그가 뭐라고 할 말이 있을 것 같다고 생각했기 때문이다.

그런데 연달아가 아무 말도 하지 않으니까 그녀는 나갈 수밖에 없었다.

최선아가 나가서 문을 닫은 것을 확인하고 나서 아랑은 메모지를 보면서 나직한 목소리로 말했다.

"달아 오빠, 고방아라면 아까 오빠가 말했던 보장왕의 셋째 딸인 가연공주인가요?"

"그렇다."

아랑의 표정이 조심스러워졌다.

"가연공주는 달아 오빠의 정혼녀였다고 그랬죠?"

연달아는 말없이 고개를 끄덕였다. 그리고는 이곳의 고방아가 아니라 고구려 오골성에서 함께 지냈던 가연공주 고방아가 그리워서 잠시 눈을 감았다.

그리고 잠시 후에 눈을 뜬 연달아는 이곳에 와서 고방아를 만나게 된 경위를 아랑에게 설명해 주었다.

＊　　　＊　　　＊

인천국제공항.

30분 전에 도착한 일본 하네다발 인천행 ANA 여객기에서 내린 탑승객들이 게이트로 물결처럼 쏟아져 나오고 있다.

탑승객들과 마중 나온 사람들이 얼싸안고 함성을 지르는 등 금세 분위기가 시끌벅적해졌다.

그러나 마중 나온 인파 중에서 두 명의 남자는 꼿꼿하게 선 채 날카로운 시선으로 탑승객들을 한 명씩 살피는 것을 게을리하지 않았다.

그들 두 남자는 검은색과 회색의 양복 차림에 한 사람은 키가 크고 또 한 사람은 보통 키인데 겉모습이 평범한 회사원 같지는 않았다.

더구나 그들은 한쪽 귓속에 쏙 들어가는 작은 이어폰을 꽂고 있었다.

“강 선배님, 저기.”

그때 보통 키의 사내가 한쪽 방향을 주시하면서 긴장된 목소리로 나직이 속삭였다.

키가 큰 사내는 그 즉시 보통 키 사내의 시선을 따라가다가 탑승객 틈에 섞여서 나오고 있는 한 쌍의 남녀를 발견하고 번쩍 눈을 빛냈다.

남녀는 동양인으로 여행객 차림이며 부부로 보였다.

여자는 20대 중반의 나이에 머리카락을 눈부신 노란색으로 염색했으며, 커다란 선글라스를 이마 위에 걸친 눈에 확 띄는 미모의 소유자였다.

또한 보석 목걸이와 귀고리 따위로 치장했으며, 흘러내린 머리카락을 쓸어 올리는 손에는 보석 팔찌와 번쩍이는 시계, 그리고 반지를 꼈다.

늘씬한 키에 몸매를 지니고 있어서 누가 보더라도 아시아의 톱스타이거나 모델, 아니면 재벌가의 딸 정도라고 생각할 정도의 모습이다.

남자는 키가 1m 85㎝는 족히 됨 직한 큰 키에 당당한 체구를 지녔으며, 최고급 아르마니 슈트를 입은 준수한 용모로 30세 정도의 나이였다.

강 선배, 즉 서울지방경찰청 외사과 소속 강현욱 형사는 눈을 좁히며 표적인 남녀의 동선을 눈으로 좇으면서 어이없다는 듯 중얼거렸다.

"텐쵸오가 분명하군. 변장도 하지 않다니 대한민국 경찰을 뭐로 보는 거야?"

강현욱 옆의 보통 키의 사내, 즉 같은 외사과 소속 이민기 형사는 긴장한 표정을 지었다.

"입국 금지자가 변장도 하지 않고 여권 심사대를 버젓이 통과한 것을 보면 아마 위조 여권을 사용한 것 같습니다. 머리를 노랗게 물들인 것도 그래서였을 겁니다."

"밥통. 텐쵸오가 위조 여권을 사용하지 않는다는 것은 세상이 다 알고 있는 얘기다."

이민기 형사는 머리를 긁적였다.

"그… 렇군요. 그럼 어떻게 여권 심사대를 통과했을까요?"

"그걸 내가 아냐? 어서 가자. 놈들이 나간다."

강 형사는 이 형사에게 핀잔을 주고는 남녀, 즉 텐쵸오 일행을 눈으로 좇으며 마중 나온 사람들을 헤치면서 빠른 걸음으로 출구 쪽으로 걸어갔다.

그러면서 양복 깃 안쪽에 부착된 무선 마이크에 입을 가까이 대고 최대한 목소리를 낮췄다.

"대기조 모두 경계하라. 지금 표적이 6번 출구로 나가고 있다. 반복한다. 표적이 6번 출구로 나가고 있다."

일본 이름으로 텐쵸오, 즉 천조(天鳥). 하늘의 새라고 불리는 여자와 그녀의 일행인 남자를 마중하러 나온 사람은 아무도 없는 것 같았다.

강 형사와 이 형사는 텐쿄오 일행을 5미터쯤 뒤에서 따르며 출구로 나갔다.

출구 밖은 쏟아져 나오고 있는 탑승객들을 태우려는 수십 대의 승용차들이 한꺼번에 몰려들면서 북새통을 이루고 있었다.

텐쿄오 일행은 횡단보도 앞에서 많은 사람들에 섞여서 신호를 기다리고 있었다.

승용차와 리무진을 타려면 이쪽이고, 택시는 도로를 건너야 탈 수 있다.

텐쿄오 일행이 횡단보도 앞에 서 있는 것으로 봐서 그들이 도로를 건너서 택시를 타려 한다고 짐작한 강 형사는 무전을 보냈다.

"추적팀, 대기하라. 표적이 택시를 타려고 한다. 표적이 택시에 오르면 차량번호를 확보하고 미행에 만전을 기하라. 절대 놓쳐서는 안 된다."

신호가 바뀌자 텐쿄오 일행은 많은 사람들에 섞여서 우르르 횡단보도를 건너가기 시작했다.

강 형사와 이 형사는 사람들의 뒤쪽에서 횡단보도를 건너며 텐쿄오 일행에게서 시선을 떼지 않으려고 애썼다.

그런데 사람들이 너무 많다 보니까 잠깐 사이에 텐쵸오 일행이 시야에서 사라졌다.

하지만 걱정하지 않았다. 그들이 횡단보도에서 어디로 사라지지는 않을 것이다. 또한 횡단보도 건너편에 동료 형사들이 지키고 있으니까 별일은 없을 것이다.

일본 여자 텐쵸오는 대한민국에 입국이 금지된 적색 위험 인물로 분류된다. 그러므로 출국 게이트에서 붙잡아 그 즉시 일본으로 가는 가장 빠른 여객기 편으로 강제 출국시키면 일은 간단하다.

그러나 그 정도 간단한 일을 처리하려고 서울지방경찰청의 베테랑인 강현욱이 몸소 팀원 여섯 명을 이끌고 인천공항까지 온 것은 아니다.

일본 내에서도 적색 요주의 인물이며 거물인 텐쵸오가 대체 무엇 때문에 한국에 직접 입국한 것인지를 캐내야 하는 것이 강현욱의 임무이다.

텐쵸오가 움직였다면 틀림없이 보통 일은 아닐 것이다. 그녀가 가는 곳에는 언제나 대규모 지각변동이 일어났다. 그녀의 활동 영역은 아시아에만 국한되지 않는다. 심지어는 뉴욕이나 파리, 런던까지도 그녀의 영역이다.

그녀가 다녀온 세계 각국 중요 도시에서는 반드시 짙은 피냄새가 진동을 했다.

하지만 그녀가 살인을 하는 장면이 포착되거나 목격자, 또는 증거가 입수된 적은 단 한 차례도 없었다.

만약 그런 것이 있었다면 그녀는 이미 오래전에 체포되어 교도소에서 수감 중이거나 아니면 사형을 당했을 것이다.

과거에 텐쵸오의 부하들이 대한민국에 드나들었던 적은 여러 차례 있지만, 텐쵸오가 직접 대한민국에 입국하는 것은 이번이 처음이다.

텐쵸오는 세계 각국에서 여러 계통의 사업을 벌이고 있는 것으로 알려져 있다. 물론 떳떳하게 드러내 놓을 수 없는 어둠 속의 사업들이다.

그리고 텐쵸오는 대한민국 내에서도 모종의 사업을 벌여 놓고 있는 것으로 경찰에서는 파악하고 있다.

하지만 그게 어떤 사업인지, 또는 대한민국의 어느 누구와 손을 잡고 있는지 따위의 구체적인 내용에 대해서는 전혀 밝혀진 것이 없다.

이번 텐쵸오의 입국을 인천공항에서 원천적으로 봉쇄하여 일본으로 강제 출국시킬 수도 있었지만, 그냥 입국시키자고 밀어붙인 사람이 강 형사가 속해 있는 외사과의 과장인 정일통이다.

외사과장 정일통의 주장은 이렇다. 텐쵸오를 그대로 입국시킨 후에 밀착 미행하여 이 기회에 그녀가 대한민국에 벌여

놓은 어둠 속의 사업을 뿌리째 뽑아버리자는 것이다.

그리고 한 걸음 더 나아가서 텐쿄오가 범행을 저지르는 증거를 확보한다면 그녀를 대한민국 교도소에 수감하거나 사형장에서 목을 매달 수도 있을 것이라고 생각했다.

횡단보도를 다 건넌 강 형사와 이 형사는 택시 승강장 쪽으로 시선을 주며 텐쿄오의 모습을 찾으려고 했다.

그런데 강 형사는 횡단보도가 끝나는 지점 인도 위에 서 있는 두 명의 낯익은 얼굴을 발견했다. 같은 외사과 소속 동료 형사들이다.

그들의 얼굴을 보는 순간 강 형사와 이 형사는 본능적으로 알 수 없는 불길함을 느꼈다.

횡단보도 이쪽에서 지키고 있던 두 명의 형사도 이미 텐쿄오의 얼굴을 충분히 숙지하고 있었다.

그런데도 그들이 이곳에 버젓이 서 있다는 것은 텐쿄오를 발견하지 못했다는, 즉 그녀가 횡단보도를 건너지 않았다는 뜻이다. 다시 말하면 횡단보도 중간에서 감쪽같이 사라졌다는 것이다.

강 형사는 급히 뒤돌아보았다. 횡단보도 신호는 이미 적색으로 바뀌어서 수많은 차량들이 밀물처럼 달리고 있었다. 물론 그런 상황에서 텐쿄오의 모습을 찾을 수 있을 리가 만무하다. 불길함은 적중하고 말았다. 원래 적중률은 희망보다는 불길한 쪽이 훨씬 더 높은 편이다.

“이런 젠장.”

믿을 수 없고 또 믿기도 싫은 일이지만 텐쵸오를 놓치고 만 것이다.

강 형사는 외사과장의 문책보다는 텐쵸오를 놓쳤다는 허탈감에 발밑이 푹 꺼지는 절망을 느꼈다.

“강현욱 씨!”

그때 차량들이 쌩쌩 달리고 있는 도로 쪽에서 강현욱을 부르는 소리가 들렸다.

그가 급히 쳐다보자 어떤 남자가 도로 한복판에 차를 세워 놓고 조수석 쪽 차문을 열어놓은 상태에서 차 밖에 서서 이쪽을 향해 큰 동작으로 손을 흔들고 있는 것이 보였다.

“다카하시.”

그를 발견한 순간 강 형사는 생각할 것도 없이 그 사람을 향해 냅다 달리기 시작했다.

그가 뛰어드는 바람에 쏜살같이 달려오던 차들이 급정거를 하고 피하느라 난리가 났으나 그는 개의치 않고 달려서 미소를 지으며 서 있는 그 사람 다카하시 앞에 이르렀다.

“다카하시 씨! 여긴 어떻게……?”

다카하시가 강 형사의 말을 자르면서 급히 조수석으로 타며 소리를 질렀다.

"텐쿄오는 벌써 차를 타고 출발했습니다! 어서 타요! 함께 추격합시다!"

다카하시의 유창한 한국어에 강 형사는 앞뒤 잴 것도 없이 즉시 뒷문을 열고 차 안으로 몸을 던졌다.

부아앙—!

강 형사와 다카하시가 탄 구형 BMW530은 조수석과 뒷문이 닫히기도 전에 총알처럼 달려나갔다.

강 형사가 뒷문을 닫고 있을 때 앞자리의 다카하시가 안전벨트를 매면서 빠르게 말했다.

"텐쿄오는 횡단보도를 건너는 중간에서 정지선에 대기하고 있던 차를 타고 갔습니다. 우린 그런 수법을 잘 알고 있어서 미리 차를 대기시켜 놓고 추격을 기다렸던 거지요."

"고맙습니다, 다카하시 씨! 덕분에 살았습니다!"

조용한 차 안인데도 강 형사는 필요 이상 큰 소리로 고맙다고 외쳤다.

그만큼 그는 진심으로 다카하시가 고마웠다. 만약 다카하시가 아니었으면 영락없이 텐쿄오를 놓쳤을 것이다.

그랬더라면 강 형사는 외사과장에게 한바탕 작살나는 것은 물론이고, 외사과장이 위험을 무릅쓰고 텐쿄오를 입국시키기까지 해서 이루려고 했던 계획이 한순간에 물거품이 돼버리고 말았을 것이다.

아니, 도리어 텐쿄오가 국내에서 무슨 일을 벌일지 모르는 초긴장 상태로 변해 버릴 것이 분명하다. 강 형사가 텐쿄오를 놓친 것 때문에 서울, 아니, 대한민국 경찰들이 모두 발칵 뒤집힐 것이라는 말이다.

다카하시는 일본 도쿄경시청의 조직범죄대책부 소속 형사로서 계급은 경부이다.

그는 오래전부터 오로지 텐쿄오만을 뒤쫓고 있는 열혈 형사다. 그래서 그는 텐쿄오에 대해서는 논문이라도 쓸 만큼 통달했다.

그러므로 한국에 입국한 텐쿄오를 뒤따라서 그가 나타난 것은 그다지 이상한 일이 아니다.

강현욱은 다카하시가 입국했을 줄은 미처 예상하지 못했다. 하지만 결과적으로 다카하시의 출현이 강현욱에게 큰 도움을 주었다. 그에게 빚을 진 셈이다.

잠시 후에 정신을 차린 강 형사는 양복 안쪽 깃에 부착된 무선 마이크에 입을 대고 동료 형사들에게 무전을 보냈다.

제9장

피앙세

R U N N E R
런너

보름 전에 박미진이 납치를 당한 사건 현장은 청담공원 훼미리마트 옆 좁은 골목 안쪽이다.

고방아는 아까 점심시간에 샛별여고 교문 앞에서 박미진의 절친인 손예은을 만나 박미진의 사촌언니라고 거짓말을 해서 한 가지 알아낸 사실이 있다.

박미진에게 남자가 있었다는 사실이다. 하지만 손예은은 그 남자가 박미진의 애인인지 아닌지는 확실하게 말해주지 못했다.

단지 손예은은 박미진의 남자를 딱 한 번 봤는데, 학생이 아니었으며 한눈에도 질이 나쁜 사람이라는 것을 알 수 있었 다고 한다.

그리고 결정적인 단서가 있다. 박미진의 남자는 '동철'이 라는 이름이며, 오른손 엄지와 검지 사이 손등에 한 마리 거 미 문신이 새겨져 있었다는 것이다.

그러면서 손예은은 미진이처럼 얌전하고 예쁜 모범생이 어떻게 그런 남자를 사귀었는지 이해할 수 없다면서 고개를 가로저었다.

손예은이 알고 있는 것은 그게 다였다. 동철의 직업이나 사 는 집은 전혀 알지 못했다.

그러면서 그 사실은 경찰에는 말하지 않았다고 했다. 친구 로서 미진의 프라이버시를 지켜주고 싶었다는 것이 이유였 다.

고방아는 손예은을 학교로 들여보내고 나서 즉시 자기가 늘 갖고 다니는 노트북을 이용하여 경찰 전용 전산망으로 들 어가서 손등에 거미 문신을 새긴 조직폭력배에 대해서 조회 를 해보았다.

그녀는 박미진의 남자 친구 동철이 조직폭력배까지는 아 니더라도 껄렁거리는 놈팡이나 양아치일 것이라고 짐작했 다.

만약 그렇다면 컴퓨터 조회에서 아무것도 나오지 않을 가능성이 크다. 경찰 전산망은 그런 시시껄렁한 놈들까지 취급하지는 않는다.

그런데 다행히도 손등에 거미 문신을 새긴 놈들의 조직이 컴퓨터 화면에 떴다.

경찰 정보에 의하면 놈들은 강남 일대에 터를 잡은 '블랙스파이더' 라는 신흥 조직이라고 한다.

경찰 전산망에 잡힐 정도면 양아치는 아니다. 제법 경찰을 속 썩이는 범법 조직이라는 뜻이다.

하지만 '블랙스파이더' 의 아지트나 조직원, 자주 출범하는 곳 등 자세한 사항은 나와 있지 않았다.

단지 활동 영역이 영동대교 건너 이쪽의 엘루자호텔에서 청담동 명품거리까지라고 나와 있었다.

그 정도면 충분했다. 그다음은 고방아가 직접 '블랙스파이더' 조직원들이 자주 출몰하는 곳을 찾아낸 다음에 쳐들어가서 놈들과 부딪쳐서 알아내면 된다.

하지만 사설탐정 일을, 더구나 조폭을 만나러 가면서 경찰 복장을 입고 갈 수는 없다.

그래서 그 일은 퇴근 후로 미루어두고 지금은 박미진이 납치됐다는 사건 현장을 수색하는 중이다.

고방아는 박미진 사건을 두 가지 가능성으로 염두에 두고 있다.

첫째는 동철이 범인이라는 가정이다. 현재로선 그럴 가능성이 높은 편이다.

하지만 범인이 박미진을 납치했다는 것이 마음에 걸렸다. 동철은 박미진의 남친인데 구태여 납치할 필요까진 없었을 것이기 때문이다.

두 번째는 동철이 아닌 제삼자가 범인일 가능성이다. 그렇다면 박미진이 훼미리마트 옆 골목에서 납치됐다는 사실을 이해할 수가 있다. 대부분의 납치란 모르는 사람이 저지르기 때문이다.

박미진 사건의 사건 파일을 보지 못한 고방아지만 이곳이 박미진이 납치된 현장이라는 사실은 그녀의 엄마에게서 들었다. 경찰이 그렇게 말해줬다는 것이다.

골목에서 나온 고방아는 골목 입구에 서서 천천히 주변을 둘러보았다.

골목 입구에서 왼쪽으로 15미터 거리에 있는 가로등 옆에 방범 카메라가 설치되어 있는 것이 보였다.

박미진이 납치됐다는 사실을 알아낸 것도 저 방범 카메라 덕분이다.

하지만 한밤중의 골목 안은 지나칠 정도로 어두웠기 때문에 범인의 모습은 전혀 식별할 수가 없었다.

그저 남자라고 추정되는 검은 그림자가 골목 입구에서 박미진의 입을 틀어막고 골목 안으로 끌고 들어갔다가 잠시 후에 기절한 듯한 박미진을 어깨에 둘러메고 다시 골목 밖으로 나와서 훼미리마트 앞을 지나 유유히 사라지는 장면이 찍혔을 뿐이다.

박미진은 학원에서 집으로 돌아가는 길이었고, 시간은 밤 11시 경이었다.

학원에서 박미진의 집까지는 불과 4백 미터 남짓의 거리인데 그 사이에서 범행이 저질러졌다.

그러니까 박미진은 밤 11시 경에 이곳에서 납치됐다가 어딘가로 끌려가서 강간을 당한 후에 새벽 3시 경에 영동대교 남단 부근에 쓰러져 있는 것을 지나가던 승용차 운전자가 발견하여 경찰에 신고했다.

고방아는 골목 입구를 서성거렸다. 이곳에서 알아볼 만한 것은 다 알아봤으니 더 이상 볼일은 없다. 그래서 그녀는 박 순경을 기다리고 있다.

그녀가 사적인 일을 보는 동안 박 순경은 자기의 할 일, 즉 순찰을 돌고 있었다.

혼자서 고방아 몫까지 하는 것이다. 그 일이 끝나면 박 순경이 이곳으로 고방아를 태우러 와서 강남경찰서로 돌아간 후에 퇴근을 하면 경찰로서의 하루 일과는 끝이다.

고방아는 임무 때문에 불안해서 발을 동동 구르는 박 순경을 계속 붙잡아둘 수가 없었다.

아니, 사실 박 순경이 고방아를 도울 일은 없으니까 이제 태우러만 오면 되는 것이다.

그런데 어찌 된 일인지 5시 30분이 돼가고 있는데도 박 순경이 나타나지 않았다.

최소한 5시 40분까지는 서에 들어가서 보고와 정리를 해야 하는데 박 순경이 늦으면 차질이 생긴다.

하지만 고방아는 걱정하지 않았다. 그녀는 언제나 느긋한 성격이다. 아니, 웬만한 일로는 눈 하나 까딱하지 않는다.

멋들어진 경찰 제복을 입은 데다 레이밴 선글라스를 끼고 긴 머리카락을 바람에 휘날리면서 훼미리마트 앞에 서 있는 그녀를 지나가는 사람들이 힐끗거리고 있다.

그녀는 어디에서나 눈에 확 띄는 존재다. 그래도 그녀는 태연한 표정이다.

문득 그녀는 허리춤에 차고 있는 휴대폰을 꺼냈다. 박 순경에게 전화를 해볼 생각이다. 오지 않는다면 혼자 경찰서로 들어가려는 것이다.

그런데 휴대폰 전원이 꺼져 있었다. 아까 손예은을 만나고 있을 때 귀찮은 전화가 계속 오는 바람에 꺼두었는데 지금까지 꺼져 있는 상태였다.

휴대폰의 전원을 켠 고방아는 뜻밖에도 휴대폰에 부재중

전화가 열 통 넘게 왔으며 메시지도 하나 들어와 있는 것을
발견했다.

—한 개의 메시지가 있습니다.

띠이—

—고방아 씨, 이제 더 이상 전화하는 것도 지쳤어요. 나는
한성대학병원 간호사 최선아예요. 고방아 씨가 응급실에 데
려다 놓은 연달아 씨가 깨어나서 당신을 찾고 있으니까 오든
지 말든지 마음대로 하세요.

메시지를 듣고 난 고방아는 움찔 가볍게 놀랐다. 그저께 그
녀는 한성대학병원 응급실에서 연달아라는 교통사고 피해자
가 죽은 것을 두 눈으로 똑똑히 목격했는데 이 메시지는 그가
깨어나서 그녀를 찾고 있다고 한다.
'그놈이 살아 있다고?
고방아는 거리 좌우를 둘러보고 나서 급히 큰길 쪽으로 달
리기 시작했다.
'연달아라는 작자가 살아나서 나를 찾고 있다……'
머릿속에서 그 사실만 뱅뱅 맴돌았다. 지금은 서로 들어가

서 보고를 하고 퇴근을 하는 것이 문제가 아니다.

연달아를 만나서 도대체 어떻게 된 일인지 확인하는 것이 더 시급하다. 그러지 않고서는 아무 일도 손에 잡히지 않을 것이다.

큰길로 나온 고방아는 택시를 잡기 위해서 두리번거렸다. 한성대학병원까지는 2㎞ 정도로 그리 멀지 않은 거리지만 마음이 급해서 뛰어갈 수는 없다. 그런데 도통 빈 택시가 눈에 띄지 않았다.

문득 가까운 곳에 있는 엘루자호텔이 그녀의 눈에 띄자 그녀는 즉시 그쪽으로 달려갔다. 호텔 입구에는 택시들이 많을 것이기 때문이다.

마침 호텔 입구로 막 진입하는 택시가 한 대 눈에 띄었다. 그것을 타면 되겠다 싶은 고방아는 다른 사람에게 뺏기지 않으려고 더 빠르게 뛰어갔다.

다행히 그녀가 도착했을 때 택시에 탔던 손님 두 명이 뒷문으로 내리고 있었다.

막 택시에 타려던 그녀는 방금 택시에서 내린 남녀 중에서 여자의 모습을 어디선가 본 듯하다는 생각이 들었다.

"어이! 거기 잠깐 멈추십시오!"

고방아가 남녀를 향해 명령하듯이 말하는데도 그들은 듣지 못한 것처럼 계속 호텔 입구를 향해 걸어갔다.

고방아는 재빨리 뛰어가서 남녀의 앞을 가로막으며 버럭 소리를 질렀다.

"멈추라는 말 못 들었습니까?"

그제야 남녀는 걸음을 멈추고 어리둥절한 표정으로 고방아를 쳐다보았다.

"何の用事ですか(무슨 일입니까)?"

최고급 아르마니 슈트를 입은 키가 매우 큰 잘생긴 남자가 예의있는 태도로 말했다.

'일본인?

고방아는 의외라는 표정을 지으며 그들을 쳐다보다가 여자의 얼굴에 시선이 꽂혔다.

늘씬한 키와 몸매에 노랗게 염색한 머리와 짙은 선글라스를 낀 뛰어난 미모이며 나이는 20대 중반쯤으로 보였다.

'이 여자 어디에서 봤는데 갑자기 생각이 나질 않는군.'

속으로 중얼거리고 난 고방아는 불쑥 손을 내밀며 명령조로 말했다.

"私は警察です. 失礼ですがパスポートをちょっと見ましょう(나는 경찰인데 실례지만 여권 좀 봅시다)."

고방아는 5개 국어를 능란하게 구사하는 실력파다.

보석으로 온몸을 치장한 여자는 화사하게 미소 지으면서 핸드백에서 여권을 꺼내 말없이 고방아에게 내밀었다.

고방아는 여권을 펼쳐서 빠르게 훑어보다가 여자의 사진
과 이름에 시선이 머물렀다.

美空赤鳥

'미조라 아카도리? 이상한 이름이긴 하지만 처음 보는 이
름이로군.'
고방아는 별 이상한 점을 발견하지 못하고 여권을 여자에
게 다시 돌려주었다.
여자는 여권을 받으면서 화사하게 미소 지었다.
"ありがとう. ところで韓國の女性警察官は皆あなたのよ
うに美しいんでしょうか(고마워요. 그런데 한국의 여자 경찰은
모두 당신처럼 아름다운가요)?"
"ききこみに応じていただいてありがとうございました(검
문에 응해주서서 감사합니다)."
고방아는 쓸데없는 말을 하고 싶지 않아서 그 말만 남기고
즉시 택시에 올라탔다.
"한성대학병원으로 갑시다."
택시가 출발하자 그녀는 방금 그 여자를 잊고 연달아에 대
한 생각으로 머리가 가득 찼다.

연달아는 병실에서 휴대폰을 만지작거리며 벽에 붙어 있는 TV를 보고 있는 중이다.

그가 갖고 있는 휴대폰은 스마트폰이라는 것인데, 아랑이 매니저에게 사오라고 시켜서 연달아에게 주었다. 즉, 이 휴대폰은 연달아 것이다.

그녀가 휴대폰에 대해서 꼼꼼하게 여러 차례에 걸쳐서 설명을 해주고, 또 그녀의 설명에 따라서 연달아가 직접 몇 번이고 사용을 해봤기 때문에 이제는 조금쯤은 휴대폰이라는 것을 사용할 줄 알게 되었다.

하지만 아는 번호가 아랑 것 하나뿐이다. 아랑이 연달아 휴대폰에 자신의 이름을 입력해 놓았기 때문에 아무 때나 0번을 누르면 아랑과 통화할 수가 있다.

아랑은 연달아의 휴대폰에 자기 휴대폰 번호를 입력하면서 약혼녀라는 뜻의 '피앙세' 라고 해놓았다.

하지만 아랑이 말해주지 않았기 때문에 연달아는 그 뜻을 모르고 있다.

그는 짧은 시간이었지만 아랑에게 정말 많은 것을 배웠다. 아랑은 어떤 내용에 대해서 연달아에게 두 번까지 설명할 필요가 없었다. 한 번만 설명하면 그가 다 외우고 이해해 버렸기 때문이다.

아랑은 연달아가 제일 먼저 배워야 할 것이 한글을 터득하는 것이라고 말했다.

그녀는 그에게 한글에 대해서 자세히 설명했으며 기초적인 사항을 잘 가르쳐 주었다.

연달아는 말하는 것은 별문제가 없으므로 읽고 쓰는 것만 연습하면 된다.

지금 아랑은 중요한 일 때문에 엄마 사유라와 함께 외출을 하고 있었다.

그녀는 자기가 돌아올 때까지 2012년 대한민국에 대해서 공부하라면서 병실 안에 있는 벽걸이 TV를 틀어주고 나갔다.

물론 연달아에게 TV 리모컨 사용법을 설명해 주었기 때문에 그는 지금 리모컨으로 이것저것 눌러가면서 TV를 보는 데 푹 빠져 있었다.

또한 연달아는 환자복을 벗고 말끔한 사복으로 갈아입은 모습이다.

그것 역시 아랑이 매니저에게 사오라고 시킨 것인데, 속옷부터 바지, 티셔츠, 점퍼, 캐주얼 신발까지 풀 세트다. 그래서 그는 완전히 다른 사람으로 변신해 있었다.

물이 적당하게 빠진 최고급 브랜드의 청바지에 갈색 티셔츠와 뉴욕양키즈 마크가 수놓아진 역시 최고급 야구점퍼를 입은 그의 모습은 2012년 대한민국을 살고 있는 청년의 모습에 결코 뒤지지 않았다.

점퍼 안주머니에는 고선우가 주고 간 봉투가 들어 있다. 봉투에는 연연화의 휴대폰 번호와 1억 원짜리 자기앞수표가 담겨 있다.

또한 정자산 동굴에서 만난 사내가 주었던 선글라스도 주머니에 들어 있다. 잊어버릴지 모른다면서 아랑이 세심하게 챙겨준 것이다.

환두대도는 침대 머리맡 탁자 위에 놓여 있다. 칼집이 없었는데 아랑이 헝겊을 구해 와서 둘둘 말아놓았다.

연달아는 만지작거리던 휴대폰을 점퍼 호주머니에 넣고 리모컨을 집어 들었다.

다른 방송을 보려는 것이다. 그는 이미 아라비아 숫자는 거의 터득했다. 그로서는 그다지 어렵지 않았다. 이제 숙달만 시키면 될 것 같았다.

척!

연달아가 리모컨을 TV를 향해 가리키면서 누르려는데 갑자기 병실 문이 벌컥 열렸다.

뒤이어서 성큼 한 걸음 병실 안으로 들어선 사람을 발견하고 연달아는 크게 놀랐다. 그녀는 고방아였다.

고방아는 병실 안으로 들어서더니 연달아를 발견하고서 잠시 시선을 그에게 못 박았다.

그리고는 그를 뚫어지게 주시했다. 아니, 그가 입고 있는 야구점퍼를 노려보듯이 쳐다봤다.

무엇 때문인지는 몰라도 연달아는 그녀의 선글라스 너머 눈빛이 크게 흔들리고 있는 것을 발견했다.

잠시 후에 고방아는 연달아에게서 시선을 거두어 실내를 두리번거렸다.

저렇게 멋들어진 청년이 연달아일 것이라고는 생각하지 않기 때문에 연달아를 찾고 있는 것이다.

그녀의 머릿속에 들어 있는 연달아는 절대로 이런 모습이 아니었다.

병실 안에 아무도 없는 것을 확인한 그녀는 연달아에게 대뜸 물었다.

"이 방에 있는 연달아라는 사람 어디에 갔습니까?"

사무적인 말투, 그것이 고방아의 말투다.

연달아는 침대에 걸터앉아 있다가 일어나서 몸을 쭉 폈다.

고방아는 그가 앉아 있을 때와는 달리 키가 꽤 크고 또 늠름한 모습이라서 조금 놀라는 표정을 지었다.

연달아는 어깨를 활짝 펴고 조용히, 그러나 힘주어서 말했다.

"내가 연달아요."

"……."

고방아는 할 말을 잃고 적잖이 놀라는 표정으로 연달아를 바라보았다.

평소에 그녀를 놀라게 하거나 할 말을 잃게 만드는 일은 그리 흔하지 않다.

하지만 지금 그녀는 분명히 놀랐고 또 할 말을 잃었다. 그녀가 알고 있는 연달아와 눈앞에 서 있는 연달아는 전혀 일치가 되지 않았다.

고방아는 선글라스 너머로 연달아를 뚫어지게 주시했다. 그녀는 눈썰미가 있는 편이라서 한 번 본 사람을 결코 잊어버리는 일이 없다. 그런데도 연달아를 알아보지 못했다.

잠시 후에 그녀는 응급실에 혼수상태로 누워 있던 사람의 모습을 지금 연달아의 얼굴에서 어렵게 찾아냈다. 그렇지만 확인이 필요했다.

"내가 누군지 압니까?"

그녀는 목소리까지도 연달아가 알고 있는 가연공주 고방아와 똑같았다.

연달아는 고방아를 다시 만나서 떨리는 마음을 억누르며 조용히 대답했다.

"보장태왕의 셋째 따님이신 가연공주 고방아요."

선글라스 안의 고방아의 아름다운 눈이 살짝 찌푸려졌다. 그녀가 컴퓨터에서 검색하여 찾아낸 내용을 앵무새처럼 되뇌고 있는 저자는 그녀가 찾고 있는 연달아가 분명했다.

휙!

고방아는 찬바람이 나도록 몸을 돌려 병실을 나가면서 냉랭하게 말했다.

"따라와요. 할 말이 있어요."

연달아는 고방아를 따라서 병원 뒤편의 사방이 툭 터진 넓은 정원으로 나갔다.

엘리베이터를 함께 타고 내려오면서도 고방아는 입을 꼭 다문 채 한마디도 하지 않았다.

정원 분수대 근처의 벤치에 고방아가 앉자 연달아는 그녀에게서 약간 떨어져서 앉았다.

그러자 고방아가 발딱 일어섰다. 마치 연달아하고는 같은 벤치에 앉기 싫다는 무언의 항변 같았다.

연달아가 따라서 일어나자 그녀는 벤치를 가리키며 나직하게 명령조로 말했다.

"앉아요."

연달아는 고분고분하게 다시 앉았다. 그는 자신에게 찾아온 이 절호의 기회를 절대로 헛되이 보낼 생각이 없다. 그래서 그는 몹시 긴장했으며 또한 진지했다.

고방아는 연달아에게서 세 걸음쯤 떨어진 곳에 당당한 자세로 마주 서서 선글라스를 벗고는 그를 똑바로 주시했다.

“자, 날 똑똑히 봐요. 내가 누굽니까?”

“가연공주 고방아요.”

“잘못 본 것이 아닙니까?”

고방아는 억지를 부려보았다.

“잘못 보지 않았소. 혹시 그대의 왼쪽 젖가슴 안쪽에 팥알 크기의 점이 있지 않소?”

‘억?’

고방아는 너무 놀라서 하마터면 입 밖으로 외침을 터뜨릴 뻔했다.

“당신…….”

그녀는 분명히 왼쪽 젖가슴 안쪽에 팥알 크기의 점 하나가 있다.

몸에 점이 많은 체질이 아니라 온몸에 점이라고는 딱 그거 하나뿐이다.

연달아는 촉촉한 눈빛으로 고방아를 보면서 나직한 목소리로 중얼거렸다.

“나는 가연공주의 정혼자요.”

가연공주의 정혼자이기 때문에 가슴에 점이 있다는 사실도 알고 있다는 뜻이다.

컴퓨터에서 검색을 해봤기 때문에 그 사실은 고방아도 알고 있다.

　그러나 문제는 그녀 자신이 절대로 가연공주가 아니라는 사실이다. 2012년을 살고 있는 고방아이지 고구려의 가연공주는 아니다.

　연달아는 천천히 일어나서 고방아와 마주 섰다. 그리고 그녀를 똑바로 주시하며 조용히 말했다.

　"왼쪽 가슴에 점이 있다면 그대는 가연공주 고방아가 분명하오. 그러나 억지를 부리고 싶지는 않소. 다만 내게 설명할 기회를 주었으면 좋겠소."

　고방아는 선글라스를 다시 끼고 팔짱을 꼈다. 조금 전의 완강한 모습으로 다시 돌아갔다.

　그녀의 행동은 너무도 허무맹랑한 현실 때문에 가슴이 쿵쾅거리고 부아가 치미는 것을 참기 위해서다.

　"말해보십시오."

　그녀의 말투는 여전히 사무적으로 딱딱했다.

　연달아는 나직하면서도 묵직한 목소리로 말을 시작했다.

　"믿기 어렵겠지만 나는 대고구려의 요동욕살 연달아 장군이오. 연개소문 대막리지의 다섯째 아들이기도 하오."

　"헛소리."

　"가연공주는 이처럼 참을성없는 여자가 아니었소. 내 말이 끝날 때까지 기다리는 것이 그렇게 어렵소?"

　고방아는 발끈했다.

"나는 가연공주 따위가 아니잖아!"

"어쨌든 일각(약 15분) 정도의 시간만 인내해 준다면 어떻게 된 일인지 설명을 하겠소."

"해보십시오."

자신이 별것도 아닌 것에 발끈한 것에 대해서 스스로에게 짜증이 난 고방아는 착 가라앉은 목소리로 말했다.

그때부터 연달아는 자신에게 일어났던 일들을 조용히 설명하기 시작했다.

그가 오골철갑기병을 이끌고 오골성으로 돌아왔더니 가연공주가 당군에 납치되었기에 그녀를 구하려고 추격했다는 것과 이후 당군과 전투가 벌어져서 싸우던 중에 정자산으로 도주를 했다는 것, 그리고 벼랑 아래의 동굴에서 낯선 사내를 만나 이곳에 오게 된 일들을 자세히 설명했다.

고방아는 참을성있게 그의 설명을 끝까지 다 들었다. 아니, 사실은 참을성이라고 하면 경찰대학에서도 그녀를 능가할 학생은 한 명도 없었다.

그녀는 참을성의 한계를 넘어선 독종 그 자체였다. 하지만 연달아의 설명을 듣는 것은 또 다른 인내심을 필요로 했다.

그녀가 듣기에 연달아의 설명은 정자산에서 벼랑으로 뛰어내리기 전까지는 그런대로 설득력이 있었다. 지금 시대가 아니라 1344년 전 요동의 상황이라면 역사 기록을 보는 것처럼 생생했다.

하지만 벼랑의 동굴에서 낯선 사내를 만났다는 대목부터는 아예 말이 되지 않는다는 생각이 들었다.

그런 것은 판타지 소설이나 SF 영화에서나 가능한 얘기다. 고방아는 그런 소설이나 영화를 좋아하지 않는다. 그녀는 현실성있는 것을 믿는 편이다.

고방아는 팔짱을 풀고 대신 두 손을 허리에 얹었다.

"흥! 그러고 보니까 당신 교통사고 났을 때 고구려 복장에 칼도 갖고 있던데 SF 영화 촬영 중이었습니까? 당신이 말하는 동굴 속의 상대 배우는 누구였습니까?"

연달아는 고방아의 냉소를 진지하게 받아들였다.

"그 사람은 자기가 누구라는 것을 말해주지 않았소. 단지 그대 곁에 보내줄 테니까 그대를 보호하는 것이 나의 임무라고만 말했소."

"나는 보호 따윈 필요하지 않습니다."

고방아는 이 사내 앞에서는 자꾸만 저항하고 싶은 마음이 드는 것을 어쩌지 못했다. 왜 그런 것인지는 알 수 없다.

"그 사람은……."

연달아는 잠시 기억을 더듬고 나서 그 사내의 용모에 대해서 자세하게 설명했다. 그러고 나서 자기가 입고 있는 야구점퍼를 가리키며 덧붙였다.

"그리고 내 기억이 정확하다면 그는 이것과 비슷한 상의를 입고 있었소."

사실은 아랑이 연달아에게 옷을 사주겠다고 했을 때 그는 동굴에서 만난 낯선 사내가 입고 있던 야구점퍼를 자세히 설명해 주면서 그런 옷을 입고 싶다고 말했다. 사내에 대한 기억을 잊지 않으려는 의도에서다.

고방아는 연달아가 사내에 대해서 설명할 때부터 점점 더 놀라기 시작했다. 그리고 그가 마지막에 야구점퍼에 대해서 말할 때는 너무 놀라서 선글라스 안의 두 눈이 동그랗게 커져 있었다.

연달아의 설명이 끝났지만 그녀는 한참이 지나도록 아무 말도 하지 않고 그를 쏘아보기만 했다.

그러다가 이윽고 몹시 하기 어려운 말을 하듯 무겁게 입술을 뗐다.

"당신이 갖고 있던 레이밴 선글라스… 누구 것입니까?"

"레이밴 선글라스가 무엇이오?"

고방아는 자기가 끼고 있는 선글라스를 가리켰다.

"아……."

연달아는 점퍼 안주머니에서 선글라스를 꺼내 이리저리 살펴보면서 말했다.

"그 사람 것이오."

짐작했다는 듯 고방아는 가늘게 몸을 떨었다. 짐작은 했지만 그것이 맞아 떨어지자 충격을 받았다. 잠시 후에 그녀는 상의 안주머니에서 경찰 수첩을 꺼내서 펼치더니 한 장의 낡은 사진을 뽑아 손가락으로 가볍게 튕겼다.

툭.

사진은 팽그르르 돌면서 곧장 연달아에게 날아왔다. 마치 트럼프 한 장을 날리는 듯한 동작이다.

연달아는 오른손을 내밀어 사진을 정확하게 낚아채고는 완만한 동작으로 살펴보다가 눈을 반짝 빛냈다.

"아, 맞소! 바로 이 사람이오!"

사진 속에는 선글라스를 낀 잘생긴 중년의 사내가 예쁘장한 서너 살짜리 소녀를 안고 있었다. 그 사내를 보자 연달아는 괜히 반가운 마음이 들었다.

연달아는 그 사진이 누군가 그린 그림이라고 생각했다. 정말 실물처럼 잘 그린 그림이다.

사진 속의 사내는 고방아의 아버지였다. 그녀는 아버지에 대한 기억이 거의 없다.

그러나 단 하나 남아 있는 또렷한 기억은 아버지가 어린 그녀를 부산 해운대의 보육원 무지개집에 맡기고 떠나는 모습이다.

연달아가 고구려 정자산 동굴에서 만난 운명의 낯선 사내

가 사진 속의 사내라고 말하자 고방아는 복잡한 심정을 떨치
지 못했다.

　그녀는 지금 자기에게 일어나고 있는 일을 거의 믿지 않고
있다. 아니, 믿으려고 하지 않는다.

　하지만 이 일을 단순하게 ‘웃기는 짬뽕’이라고 일축해 버
리기에는 뭔가 석연치 않은 점이 너무나 많다.

　누군가 그녀를 목적으로 사기를 치고 있는 것이라면 대체
무엇 때문에 이런 짓을 하는 것이란 말인가?

　그녀는 재산도 거의 없고 일가 피붙이 한 명 없으며, 사회
적으로나 정치적으로나 조금도 중요한 사람이 아니다. 사기
를 칠 만한 전혀 가치가 없는 사람인 것이다.

　그녀가 경찰이기 때문에 어떤 일에 이용하기 위해서 이런
짓을 꾸미고 있는 것이라고도 생각해 보았다.

　하지만 그녀는 서울지방경찰청에서 사고를 쳐서 강남경찰
서 교통과로 좌천당해 온 꼴통 사고뭉치다. 그런 그녀에게 도
대체 무슨 이용 가치가 있다는 말인가. 누군가 정말 그래서
이런 짓을 벌이는 것이라면 그것은 그녀를 지나치게 과대평
가했거나 그런 일을 꾸민 놈, 즉 연달아가 정신 나간 놈이 분
명하다.

　하지만 지금 그녀의 눈앞에 늠름하게 우뚝 서 있는 연달아
는 정신 나간 놈은커녕 대한민국의 내로라하는 여자들이라면

한 번쯤 대시해 보고 싶은 멋진 사내의 모습이 아닌가.

더구나 그녀가 검색해 본 고구려의 역사, 아니, 연달아와 고방아에 얽힌 애틋한 비사(秘事)는 대체 뭐란 말인가? 그것까지도 연달아가 뿌려놓은 밑밥이라고 보기는 어렵다.

그리고 더더욱 풀리지 않는 수수께끼는 연달아의 주소지와 본적지에 대한 것이다.

"당신 주소지와 본적지는 어떻게 된 겁니까?"

그녀가 불쑥 묻자 연달아는 고개를 가로저었다.

"나는 모르는 일이오."

역시 기대했던 대로 시원치 않은 대답이다. 그러나 연달아가 아무리 날고기는 사기꾼이라고 해도 대한민국 본적지와 주소지를 제멋대로 조작할 수 있다고는 믿지 않는다.

그러나 더더욱 불가사의한 것은 연달아다. 고방아는 자기가 사람을 한 번 보면 대충 어떤 부류의 인물이라는 것을 간파할 수 있다고 자부했다.

그런 관점에서 봤을 때 연달아는 거짓이라든지 권모술수, 사기 같은 것들하고는 거리가 먼 사람이다. 오히려 강직하고 순수한 사람 쪽이다.

사람이 아무리 가식을 뒤집어써도 눈빛만은 바꿀 수 없다고 믿는 고방아다.

연달아의 눈빛은 그녀로서는 한 번도 본 적이 없는 순수와

선함 그 자체다. 이런 자가 그녀에게 사기를 치고 있다고는 믿어지지 않았다.

고방아는 연달아를 만나면 뭔가 실마리가 풀리지 않을까 기대했는데 오히려 머릿속이 더 복잡해졌다.

그러다가 문득 그녀는 연달아가 그저께 큰 교통사고를 당했고, 그로 인해서 한 번 죽었다는 사실을 뒤늦게 기억해 냈다. 경황 중이라서 깜빡 잊고 있었던 것이다.

"당신… 몸은 괜찮은 겁니까?"

그런데 지금 연달아를 보면 죽었다가 살아난 사람이라는 생각은 추호도 들지 않았다.

연달아는 엷은 미소를 지었다.

"나를 걱정해 주는 것이오?"

"걱정은 무슨?"

고방아는 발끈했다. 그리고는 휙 몸을 돌려 큰 걸음으로 성큼성큼 걸어갔다.

그녀는 화를 잘 내지 않는 성격인데도 이상하게 연달아 앞에서는 자주 발끈했다.

고방아는 지금으로선 연달아에게 볼일은 일단 끝났다고 생각했다.

궁금한 것이 있으면 나중에 다시 찾아오면 된다. 우선은 서로 돌아가는 것이 급했다.

　연달아는 거대한 괴물 같은 병원 건물 위쪽을 힐끗 쳐다보았다. 병실에 놔둔 환두대도가 마음에 걸렸다.

　그것은 그를 대신하는 신물(信物) 같은 것이다. 또한 아버지의 유물이기도 했다.

　하지만 아랑이 잘 챙겨두겠거니 여기고 즉시 고방아의 뒤를 따르기 시작했다.

제10장

런너

RUNNER
런너

고방아는 연달아가 따라올 것이라고는 전혀 짐작조차 하지 않고 방금 그를 만났던 일에 대해서 골똘하게 생각하면서 병원 정문을 향해 빠른 걸음으로 걸어갔다.

손목시계를 보니 6시 40분이다. 아직 땅거미가 깔리지는 않았으나 저녁의 부산함이 바삐 시작되고 있었다.

택시를 탈 생각은 하지 않았다. 여기서 강남경찰서까지는 겨우 두 블록이다.

더구나 그녀는 택시를 타는 것을 별로 좋아하지 않는다. 평소에 달리는 것을 좋아하기 때문에 웬만한 거리는 습관적으로 걷거나 달린다.

　그녀가 병원 정문을 나서고 있을 때쯤에는 퇴근하는 병원 사람들과 환자를 만나고 가거나 만나러 오는 보호자들로 인해서 매우 복잡했다.

　마지막 태양의 잔광이 서쪽에서 병원 정문 쪽을 비추고 있었다.

　막 병원을 나서려던 고방아는 머리를 노랗게 물들이고 선글라스를 낀 한 여자가 맞은편에서 걸어오는 것을 발견하고 멈칫했다.

　“아!”

　그녀의 입에서 나지막한 탄성이 새어 나왔다. 아까 택시를 잡으려고 엘루자호텔 입구에서 마주쳤던 일본 여자가 누군지 이제야 생각난 것이다.

　물론 앞에서 걸어오고 있는 노랑머리 여자는 엘루자호텔의 일본 여자하고는 전혀 딴판으로 생겼다.

　하지만 이 여자를 보는 순간 그 일본 여자를 반사적으로 떠올린 것이다.

　고방아는 싸늘하게 굳은 얼굴로 이를 갈 듯이 중얼거렸다.

　“텐쿄오 그 여자가 분명하다.”

　아까 일본 여자를 불심검문했을 때 어디에선가 본 것 같았는데 이제 보니까 경찰 블랙리스트에 올라 있는 국제적인 적색 요주의 인물 텐쵸오다. 왜 그때는 생각이 나지 않았는지 땅을 칠 일이다.

고방아는 어느새 달리기 시작했다. 그녀가 가고 있는 방향은 엘루자호텔 쪽이다. 그녀는 달리면서 탈 만한 것을 찾으려고 두리번거렸다.

그때 마침 피자 배달 오토바이가 그녀의 뒤쪽에서 달려오고 있는 것을 발견하고 무작정 앞을 가로막았다.

피자 배달 오토바이의 청년은 난데없이 여경찰이 가로막자 급정거를 하고 겁먹은 표정을 지었다.

"왜… 그러십니까?"

"내려!"

확!

"우왓!"

고방아는 청년의 어깨를 잡고 팽개치듯이 끌어내리고는 재빨리 오토바이를 타고 속도를 높였다.

바아아—!

땅에 쓰러졌던 피자 배달 청년은 저 멀리 사라지고 있는 오토바이를 멍한 얼굴로 쳐다보았다.

휘익!

그때 청년의 옆을 무엇인가 빠르게 스쳐 지나갔다.

연달아다. 그는 고방아를 뒤따라가다가 그녀가 오토바이

를 타고 쏜살같이 멀어지자 그녀를 놓치지 않기 위해서 달리
기 시작한 것이다.

고방아는 한 손으로 핸들을 잡고 혁대에 차고 있는 휴대폰
을 뽑아 재빨리 단축키를 누르고 휴대폰을 상의 주머니에 넣
고는 이어폰을 귀에 꽂았다.
그녀의 휴대폰에 저장되어 있는 단축키 1번은 그녀가 가장
믿고 따르는 선배다.
뚜르르르.
신호음이 서너 번 간 후에 귀에 익은 굵직한 남자의 목소리
가 고막을 울렸다.
"응, 방아야. 무슨 일이냐? 나 지금 좀 바쁘거든?"
"강 선배, 텐쵸오를 봤어! 텐쵸오 알지? 일본 피의 살인마
텐쵸오 말이야!"
고방아는 거두절미하고 본론부터 빠른 어조로 말했다. 그
러자 강 선배의 목소리가 갑자기 커졌다.
"방아야! 어디냐? 텐쵸오 어디에 있어?"
"청담동 엘루자호텔이야! 아까 한 시간 전에 택시에서 내
려서 호텔로 들어가는 걸 내가 직접 봤어! 뭔가 수상해서 검
문까지 했는데… 제기랄!"
"알았어! 지금 즉시 그쪽으로 간다!"

그리고는 통화가 일방적으로 끊어졌다.

구형 BMW530의 운전을 하고 있던 강현욱은 휴대폰을 끊자마자 핸들을 왼쪽으로 끝까지 꺾어서 중앙선을 그대로 넘어 유턴을 했다.

끼가가각ㅡ!

옆자리의 다카하시와 뒷자리에 탄 그의 부하의 몸이 완전히 쓰러지며 두 발이 허공에 떴다.

그러나 다카하시는 방금 전에 강현욱의 전화 통화 중에 '텐쵸오' 라는 말을 들었기 때문에 균형을 잃은 상태에서 다급히 물었다.

"강현욱 씨! 텐쵸오 어디에 있답니까?"

급히 핸들을 풀어 방향을 잡은 강현욱은 어금니를 악물며 이를 갈 듯이 중얼거렸다.

"후배가 한 시간 전에 텐쵸오가 청담동 엘루자호텔로 들어가는 것을 목격했다고 합니다!"

다카하시의 얼굴이 구겨졌다.

"청담동이라면… 정반대 방향 아닙니까? 칙쇼! 텐쵸오가 우릴 갖고 놀았군!"

사실 강현욱 일행과 서울경찰청 외사과에서 나온 팀원들은 인천공항에서 텐쵸오가 탄 벤츠를 미행하다가 외곽순환도로로 나오는 과정에서 놓치고 말았다.

아니, 정확하게 말하자면 강현욱 등이 미행하고 있는 벤츠를 다시 발견했을 때 그 차에는 텐쵸오와 일행인 사내가 타고 있지 않았다.

트럭 한 대가 갑자기 앞에 끼어들었지만 강현욱 일행은 그 즉시 옆 차선으로 갈 수 없는 상황이어서 텐쵸오가 탔던 벤츠를 약 30초 정도 시야에서 놓쳤었다.

단지 그것뿐이었다. 그런데 그들이 벤츠를 다시 찾아내서 미행하기 시작했을 때에는 그 차에는 텐쵸오와 일행인 사내의 모습이 보이지 않았다. 짧은 30초 사이에 텐쵸오와 사내가 연기처럼 증발해 버린 것이다.

강현욱과 다카하시의 실망은 이만저만한 것이 아니었다. 이런 일이 벌어져서 텐쵸오 같은 거물을 놓칠 줄은 전혀 예상하지 않았기 때문에 실망감은 더 컸다.

그래서 어쩔 수 없이 강현욱 일행은 벤츠를 계속 미행하기로 했다.

정 안 되면 벤츠 운전자라도 체포해서 배후를 캐겠다는 생각이었지만 별 기대는 하지 않았다. 그래 봐야 송사리일 것이 분명하기 때문이다.

대어, 아니, 이무기는 놓치고 송사리를 미행하는 강현욱과 다카하시의 심정은 그야말로 소태를 씹은 기분이었다.

차가 신호 대기에 걸려서 잠시 멈췄을 때 서울 지리를 잘 아는 강현욱이 BMW530의 운전석에 바꿔 앉았다.

그러고 나서 얼마 지나지 않아서 고방아의 다급한 전화가 강현욱에게 걸려온 것이다.

방향을 강남으로 잡은 강현욱은 속력을 점점 더 올리면서 급히 휴대폰을 꺼내 단축키를 눌렀다. 그의 휴대폰에 입력되어 있는 단축키 1번은 고방아다.

휴대폰 너머에서 고방아의 목소리가 들리자마자 강현욱은 총알처럼 빠르게 말을 쏟아냈다.

"방아야! 강남경찰서에 지원 요청해서 엘루자호텔을 포위하고 출입을 원천 봉쇄시켜라! 알았니?"

"알았어, 강 선배!"

휴대폰 너머에서 고방아의 고함에 가까운 활기찬 목소리와 뭔가 타이어와 아스팔트가 거칠게 마찰하는 소리가 함께 들려왔다.

이어서 강현욱은 인천공항에 함께 갔던 팀원들에게 전화를 했다.

고방아는 강남경찰서에 전화를 하고 나서 휴대폰을 끄며 무심코 오토바이 백미러를 보다가 가볍게 어이없다는 표정을 지었다.

백미러가 잘못된 것이 아니라면 거기에 비친 광경은 연달아가 고방아를 뒤쫓아 달려오고 있는 것이었다.

그가 왜 자기를 따라오고 있는지 고방아는 대충 짐작이 갔다. 그녀에게 볼일이 있기 때문에 놓치지 않으려는 것일 게다. 하지만 지금은 그런 것에 신경 쓸 겨를이 없다. 텐쿄오를 잡는 것이 급선무다.

바아아—!

고방아는 속도를 더 올렸다. 그녀는 어떻게 해서든 텐쿄오를 자신의 손으로 체포하겠다는 집념에 불타고 있다. 명예욕이나 공을 세우겠다는 생각은 조금도 없다.

그러다가 힐끗 다시 백미러를 본 그녀는 놀라는 표정을 지었다. 연달아가 10미터쯤 뒤에서 여전히 달려오고 있었기 때문이다.

아무리 피자 배달 오토바이지만 지금 그녀는 시속 60㎞ 이상으로 달리고 있다. 그런데도 연달아는 뒤처지지 않고 꾸준히 따라오고 있는 것이다.

'저놈, 대체 뭐야?

끼아악! 콰당탕!

고방아는 엘루자호텔 정문 앞에서 오토바이를 급정거시켰다.

오토바이는 기우뚱 넘어지는 자세로 죽 미끄러지면서 앞쪽에 멈춰 서 있는 외제 승용차를 향해 돌진해 갔다.

하지만 고방아는 오토바이에서 뛰어내려 곧장 호텔 입구를 향해 내달렸다.

그녀는 호텔 프런트로 달려가면서 외쳤다.

"손님 중에 미조라 아카도리라는 일본 여자 몇 호실에 투숙했습니까?"

프런트 담당자는 고방아가 경찰 복장인 것을 보고도 머뭇거리며 선뜻 대답하지 않았다.

고방아의 오른손이 오른쪽 허리의 권총을 향하고 있었다.

엘루자호텔 9층 어느 객실에 텐쇼오는 창가에 서서 밖을 내다보고 있으며, 일행인 사내는 그녀의 뒤 다섯 걸음쯤 떨어진 곳에 우뚝 서서 대화를 나누고 있다.

"한국 내에 동원할 수 있는 모든 시스템을 풀가동해서 그놈의 딸년을 찾아내야 한다."

대화는 일본어로 이어지는 중이다. 텐쇼오가 창밖을 굽어보면서 냉랭한 목소리로 말하자 사내는 공손하지만 난감한 표정으로 말했다.

"하지만 도노사마(殿さま:주군, 주인님), 단서가 너무 적습니다. 그놈의 딸 성이 고 씨이며 스물세 살이라는 것밖에 모르

는 상황에서는 찾아내는 것이 쉽지 않습니다."

"비달(飛達), 고 씨 계집은 런너(Runner)의 딸이다. 더구나 그놈은 보통 런너가 아닌 광(光) 런너다. 런너는 유전되고 혈통으로 이어진다. 이게 무슨 뜻인지 모르느냐?"

비달이라고 불린 사내는 공손히 고개를 숙였다.

"알고 있습니다. 고 씨 계집이 런너, 그것도 광런너의 딸이라면 반드시 어떤 징후(徵候)를 나타낼 것입니다. 그것을 포착하면 된다는 말씀이라고 사료됩니다만……."

"그렇다."

"하지만… 고 씨 계집이 갖고 있는 징후가 무엇인지도 모르는 상황이고, 또한 그것은 고 씨 계집이 눈앞에 있어야지만 알아볼 수 있지 않습니까?"

텐쵸오는 컴컴해지고 있는 창밖의 하늘을 뒷짐을 지고 바라보며 중얼거렸다.

"고 씨 계집을 찾아내는 일이 쉽다고는 말하지 않았다. 하지만 반드시 찾아내야만 한다."

선글라스를 노랗게 염색한 머리에 얹고 있는 그녀는 아름다운 외모와는 달리 차디찬 표정을 지었다.

"전 세계와 모든 역사를 통틀어서 '전능' 은 다섯 개뿐이다. 묵인자님의 목적은 그 다섯 개 '전능' 을 모두 손에 넣으시는 것이다. 그러기 위해서 묵인자님께선 고구려로 가신 것인데, 그놈 광런너가 묵인자님을 뒤따라갔다."

텐쿄오는 잠시 말을 끊고 입술을 잘근잘근 깨물다가 다시 말을 이었다.

"묵인자님께서 아직 돌아오시지 않는 것으로 봐서는 고구려에 있다는 '전능'을 찾지 못하셨거나, 찾으셨더라도 광런너의 방해를 받고 계시는 것이 분명하다."

텐쿄오는 원래 말을 많이 하는 사람이 아니다. 그런데 지금은 평소와는 달리 많은 말을 하고 있다.

"우리가 광런너의 딸인 고 씨 계집을 찾아내야 하는 이유는 한두 가지가 아니다. 그중에서 제일 중요한 것이 만약의 사태를 대비한 담보를 확보하자는 것이다."

비달은 움찔 놀라는 표정을 지었다.

"그렇다면 광런너는 딸년인 고 씨 계집과 일연(一緣)을 맺은 것입니까?"

텐쿄오는 고개를 끄덕였다.

"나는 그렇다고 믿고 있다."

"하면… 고 씨 계집도 런너입니까?"

"아직은 아니다. 그러나 광런너가 죽으면 그놈의 '전능'이 일연을 맺은 고 씨 계집에게 시공을 초월하여 전해지겠지."

"그렇군요."

쾅!

바로 그때 문이 부서지는 요란한 소리가 터졌다.

어깨로 힘껏 들이받아서 문을 연 고방아는 객실 안으로 달려들어 오면서 바닥에 한 바퀴 구르고는 재빨리 일어나며 오른손의 권총을 텐쿄오에게 겨누었다.

"움직이지 마라! 텐쿄오!"

선글라스를 끼지 않은 고방아는 왼손으로 오른 손목을 받쳐 쥐면서 권총을 전방의 비달에게 겨눈 채 천천히 왼쪽으로 걸음을 옮겼다.

키가 큰 비달에게 가려서 그 뒤에 있는 텐쿄오의 모습이 잘 보이지 않기 때문이다.

고방아는 텐쿄오의 모습이 보이자 걸음을 멈추고 권총으로 텐쿄오와 비달 사이의 공간을 겨누었다. 둘 중 하나라도 움직이면 권총이 불을 뿜을 것이다.

고방아는 눈도 깜빡이지 않고 텐쿄오를 노려보며 일본어로 말했다.

"너, 텐쿄오가 맞지?"

텐쿄오는 여전히 창밖을 내다보는 자세로 뒷모습을 보이고 있었다. 난데없는 상황이 발생했는데도 그녀는 조금도 동요하지 않는 모습이다.

그녀는 천천히 여유있는 동작으로 돌아서서 고방아를 보며 유창한 한국어로 대답했다.

"너는 아까 나를 검문했던 여경찰이구나. 대한민국 여경찰 중에서 너처럼 똑똑한 계집이 있었다니 뜻밖이로구나."

"바닥에 엎드려라!"

고방아는 텐쿄오의 조롱 섞인 듯한 말을 일축하며 냉랭하게 명령했다.

"죽이지 마라, 비달."

그때 텐쿄오가 갑자기 일본어로 빠르게 말했다. 그녀는 비달의 양복 양쪽 소매 안쪽 위에서 아래로 비수가 흘러내리는 기미를 발견하고 그가 고방아를 죽이려 한다고 판단한 것이다.

비달의 실력이라면 권총을 겨누고 있는 고방아를 죽이는 것쯤은 아무것도 아니다.

그러나 텐쿄오는 고방아에게서 뜻밖의 것을 발견했기 때문에 비달을 멈추게 한 것이다.

텐쿄오의 시선은 고방아의 머리 위에 고정되어 있었다. 비달의 눈에는 보이지 않지만, 텐쿄오의 눈에는 고방아의 머리 위에 흐릿하지만 하나의 둥글면서 금빛으로 빛나는 작은 원이 똑똑하게 보였다.

텐쿄오는 립스틱을 바른 빨간 입술 끝을 미묘하게 비틀면서 미소 지었다.

"호오, 너는 머리 위에 런너의 예쁜 징후를 갖고 있구나. 그렇다면 너는 광런너의 딸년인 고 씨 계집이로군. 네가 제

발로 내게 찾아오다니 이렇게 기쁜 일이 있나?"

고방아는 텐쵸오가 하는 말이 무슨 뜻인지는 모르지만 뭔가 수작을 부리고 있다고 생각했다. 그러면서도 뭔가 알 수 없는 불길함이 엄습했다.

그녀는 싸늘한 눈빛을 흘리면서 재차 명령했다.

"바닥에 엎드리라고 했다. 말을 듣지 않으면 발포하겠다."

그러나 텐쵸오는 끄떡도 하지 않았다. 아니, 오히려 입가에 조금 더 짙은 미소를 떠올리면서 말했다.

"고 씨 계집애야, 네 아비는 고구려에서 돌아왔느냐?"

"무슨 헛소리를 지껄이느냐?"

텐쵸오는 가볍게 고개를 끄덕였다.

"안타깝게도 너는 아무것도 모르는 것 같구나."

이어서 그녀는 비달에게 명령했다.

"비달, 고 씨 계집아이를 죽이지 말고 잡아라."

"이놈들!"

고방아는 권총 방아쇠에 걸고 있는 검지에 힘을 주며 소리쳤다.

"움직이지 마라! 발포한다!"

순간 비달이 번개같이 옆으로 몸을 날리면서 고방아를 향해 두 손을 뻗었다.

쾅!

그 순간 비달의 모습을 잃은 고방아의 권총이 텐쵸오를 향해 불을 뿜었다.

그런데 텐쵸오는 그 자리에 그대로 서 있고 그녀 얼굴 앞에 뭔가 콩알만 한 것이 떠 있었다.

고방아는 문득 그 콩알만 한 것이 자기가 방금 발사한 총알일지도 모른다는 생각이 들었다.

그렇지 않다면 텐쵸오가 저렇게 멀쩡하게 서 있을 리가 없다. 고방아의 사격술은 경찰대학 내에서 최고였다. 그러므로 이렇게 가까운 거리에서 텐쵸오를 맞추지 못할 리가 없다.

발사된 총알이 멈추다니, 말도 안 되는 일이지만 지금 그녀 앞에서 벌어지고 있는 현실이 분명하다.

그런데 고방아는 그때 오른쪽에서 자신을 향해 날아오는 두 줄기의 빛을 발견했다.

아니, 발견했다고 여긴 순간 그것은 이미 그녀의 양쪽 어깨와 가슴 사이 경계 부위에 적중되고 있었다.

팍! 팍!

"흐윽!"

양쪽 어깨에 화끈한 충격을 받은 그녀는 빛에 적중된 힘에 의해서 몸이 허공으로 둥실 떠올랐다.

'뭐야, 이게?'

그리고 그때 고방아는 방금 전에 시야에서 사라졌던 비달이 믿을 수 없이 빠른 속도로 자기를 향해 달려오고, 아니, 쏘아오고 있는 것을 발견하고 눈을 크게 떴다. 인간이 저렇게 빠르다는 사실이 믿어지지 않았다.

그러나 그녀는 급히 비달에게 권총을 쏘려고 했다. 하지만 팔이 말을 듣지 않았다.

두 팔에 힘이 하나도 없어서 권총은커녕 젓가락조차 들어올리지 못할 것 같았다.

고방아가 바닥에 떨어지기도 전에 비달이 두 팔을 앞으로 뻗은 채 3미터까지 다가오고 있었다. 그 정도 속도라면 고방아의 몸이 바닥에 닿기 전에 비달이 충분히 붙잡을 수 있을 것이다.

고방아로서는 속수무책인 상황이다. 권총을 발사해도 죽지 않는 텐쵸오와 귀신처럼 빠른 비달 앞에서 그녀는 너무도 무력했다.

뻐걱!

그때 고방아가 전혀 예기치 않았던 방향에서 누군가 그녀를 안았다.

그리고 그와 동시에 비달이 무언가에 부딪쳐서 뒤로 퉁겨 날아가고 있었다.

고방아를 뒤쫓아 9층까지 올라온 연달아는 그녀가 위험에 처한 것을 발견하고 앞뒤 생각할 것 없이 그대로 달려들어 비달을 어깨로 부딪치면서 두 팔로 그녀를 안았다.

하지만 너무 빠른 속도로 대시하느라 속도를 늦추지 못하고 곧장 창문을 향해 부딪쳐 갔다.

텐쵸오는 난데없이 나타난 연달아를 향해 가볍게 손목만을 움직여서 손을 털었다.

쐐액!

그러자 그녀의 얼굴 앞에 정지해 있던 총알이 번개같이 연달아를 향해 날아갔다. 그 속도는 권총에서 발사된 것보다 더 빨랐다.

연달아는 자신을 향해서 쏘아오는 조그만 물체를 발견했다. 엄청나게 빠른 속도로 쏘아오고 있지만 그의 눈에는 또렷하게 잘 보였다.

그러나 그것은 그의 얼굴을 향해서 쏘아오다가 갑자기 방향을 틀어 곡선을 그리며 옆으로 한 뼘이나 멀찍이 스쳐 지나갔다.

그때 텐쵸오는 똑똑히 목격했다. 연달아의 이마 한복판 미간을 향해 날아가던 총알이 갑자기 보이지 않는 무형의 벽에 부딪친 것처럼 방향을 확 바꾸어 휘어졌다는 사실을.

'저놈, 런너다!'

텐쵸오가 그 사실을 알아차린 순간,

콰차창!

연달아는 고방아를 품속에 꼭 안아서 보호한 자세로 커다란 유리창을 산산조각내며 바깥으로 튀어나갔다.

휘이익!

고방아를 안은 연달아의 몸이 쏜살같이 지상을 향해 하강하기 시작했다.

연달아는 거센 바람 소리가 칼날처럼 귓가를 스치며 추락하고 있는데도 이상하게 전혀 걱정이 되지 않았다.

오히려 그는 힐끗 위를 올려다보았다. 노란 머리카락의 여자 텐쵸오가 창밖으로 몸을 날리고 있는 모습이 보였다. 그는 본능적으로 저 여자가 고방아와 자기를 쫓아오고 있다는 사실을 깨달았다.

"아아……."

고방아는 무심코 아래를 보다가 얼굴이 하얗게 질렸다. 지상에는 많은 고급 승용차들이 줄지어 주차되어 있었다. 호텔 주차장인 것 같았다. 지금 고방아와 연달아는 승용차 위로 추락하는 중이다.

잔뜩 겁먹은 고방아는 자신도 모르게 두 팔로 연달아의 목을 꼭 끌어안고 그의 가슴에 얼굴을 묻었다. 경찰계의 꼴통이며 겁이라곤 모르는 그녀지만 지금 같은 상황에서는 어쩔 수 없는 한 명의 여자일 뿐이다.

척!

연달아는 한쪽 무릎을 꿇은 자세로 어느 승용차 지붕에 사뿐히 내려섰다. 그리고는 번쩍 전방을 향해 점프를 하여 곧장 쏘아갔다.

한 번 점프에 무려 십여 미터나 날아가서 바닥에 착지한 그는 다시 총알처럼 내달려서 앞에 보이는 높은 담을 순식간에 넘어버렸다.

그의 마음속에는 무슨 일이 있어도 노란 머리 여자로부터 고방아를 보호해야겠다는 일념만이 가득 차 있었다.

캄캄한 밤중 어느 인적 드문 골목 후미진 곳에서 연달아는 잠시 멈추고 고방아를 살펴보았다.

그의 품속에 안겨 있는 고방아의 양쪽 어깨에는 무언가 꽂혀 있었다.

연달아는 그것이 두 자루의 비수(匕首)라는 것을 한눈에 알아보았다.

비수는 칼날이 모조리 고방아의 몸속으로 들어갔고 손잡이만 삐죽 나와 있었다.

양쪽 어깨라고는 하지만 비수가 꽂힌 부위는 겨드랑이에서 10㎝쯤 떨어진 가슴 윗부분이었다.

다행히 심장을 비껴 맞기는 했으나 이 정도라면 갈비뼈가 부러지고 다른 장기들을 다쳤을 것이 분명하다.

해쓱한 얼굴빛의 고방아가 눈살을 찌푸리면서 연달아를
쳐다보며 중얼거렸다.

"어… 떻게 된 거죠?"

"비수에 찔렸소."

"비수……."

고방아는 조금 더 인상을 썼다. 자꾸만 정신이 흐려지고 있
기 때문이다.

"텐쵸오는……."

"그 여자라면 안심해도 되오. 떨쳐 버린 것 같소."

"밥통. 텐쵸오를 잡아야 돼."

"그보다 치료가 우선이오."

"치료……."

고방아는 자꾸만 감기려는 눈을 깜빡거렸다. 현재 자신이
처한 상황을 인지하려고 노력하는 것이다.

"그렇군. 나는 죽는 건가?"

"내가 치료하겠소."

고방아는 히죽 웃었다.

"당신은… 내 정혼자에 아버지 메신저 노릇까지 하더니…
이젠 의사 노릇까지……."

"병원으로 가면 안 될 것 같소. 집이 어디요?"

연달아는 고방아를 병원으로 데려가면 노출될 위험이 있

을 것이라고 본능적으로 감지했다.

　그는 고방아의 집이라면 안전할 것이라고 생각했다. 그러므로 그곳에만 가면 고방아를 치료할 수 있으리라 확신했다.

　연달아는 고방아의 치료를 끝내고 그녀를 조심스럽게 안아서 침대에 눕혔다.

　급한 나머지 그녀의 방에 들어오자마자 바닥에 눕히고는 서둘러서 치료를 했다.

　물론 그는 '전능'의 능력을 발휘해서 고방아를 치료했다. 그 덕분에 부러진 갈비뼈가 다시 붙고 찢어진 장기가 원상 복구됐으며, 비수가 꽂혔던 그녀의 풍만한 유방 위쪽 부위에는 붉힌 상처조차 남아 있지 않았다.

　치료를 하기 위해서는 어쩔 수 없이 고방아의 상의를 다 벗기고 알몸으로 만들 수밖에 없었다.

　그녀는 집에 도착하자마자 기절하고 말았다. 만약 정신이 조금이라도 있었다면 연달아가 옷을 벗기는 것을 보고 절대로 가만히 있을 그녀가 아니다.

　연달아는 고방아를 침대에 눕히고 나서 잠시 물끄러미 그녀를 굽어보았다.

　그녀의 얼굴을 아무리 자세히 살펴봐도 가연공주 고방아가 틀림없었다.

　문득 그의 눈길이 그녀의 눈처럼 희고 풍만한 왼쪽 유방으로 향했다.

　그리고 유방 안쪽에 팥알만 한 점 하나가 선명하게 있는 것이 눈에 띄었다.

　연달아는 다시 그녀의 얼굴을 보며 빙그레 미소 지었다.

　'방아, 다시는 너를 잃지 않겠다.'

　그는 침대 구석에 구겨져 있는 이불을 펴서 고방아의 몸에 덮어주고는 침대에서 내려와 바닥에 누웠다.

　오늘 밤은 오랜만에 편히 잠들 수 있을 것 같았다.

＊　　＊　　＊

　"늦은 것 같습니다."

　다카하시는 강 형사가 차를 정지시키기기도 전에 서둘러 차에서 내리며 엘루자호텔 쪽을 쳐다보면서 말했다.

　차를 도로변에 대자마자 뛰어내린 강 형사가 쳐다보자 무장한 전경들이 호텔 주위를 가로막은 상태에서 출입을 통제하고 있었다.

　그 너머 호텔 입구에서 십여 명의 경찰들이 호텔에서 나오는 사람들을 일일이 한 명씩 검문하고 있는 광경이 보였다.

　강 형사는 전경에게 신분증을 보이고 다카하시와 그의 부하인 겐스케를 이끌고 호텔 입구로 뛰어갔다.

입구에는 몇 명의 형사들이 둥글게 서서 지켜보고 있는 가운데 그 안쪽에서 제복의 경찰 네 명이 호텔에서 나오는 사람들의 신분증을 보며 검문을 하고 있었다.

뒤로 물러나 있는 사복 형사들 중에서 강 형사가 아는 얼굴이 두어 명 보였다.

강남경찰서 외사계 형사들인데, 서울 지역 외사 형사들은 하는 일의 특수성 때문에 서로 안면을 트고 지내는 편이다.

강 형사와 다카하시가 가까이 다가가자 안면이 있는 콧수염 형사 한 명이 강 형사에게 근처에 있는 한 사람을 슬쩍 턱으로 가리키며 입술을 쫑긋거렸다. 입 모양으로 미루어 그가 수사과장이라는 것 같았다.

수사과장은 50대 초반의 약간 뚱뚱하고 작달막한 체구인데, 후줄근한 양복에 면도를 하지 않아서 입 주위와 턱에 반백의 수염이 까칠한 인불이었다.

강 형사는 부동자세로 수사과장에게 다가가 경례를 했다.

"시경 외사과의 강현욱 형삽니다."

"음? 시경 외사과가 여긴 왜?"

수사과장은 나른한 표정을 지으며 건성으로 물었다.

그렇다고 강 형사마저 건성으로 대답할 수는 없다.

"텐쵸오는 저희가 인천공항에서부터 미행하다가 중간에

놓쳤습니다. 텐쵸오가 이곳에 나타났다는 연락을 받고 왔습니다."

"그런가?"

그러면서 수사과장은 더 이상의 관심을 보이지 않았다.

강 형사는 콧수염 형사에게 눈짓을 하여 뒤쪽으로 슬쩍 빠져서 물어보았다.

"어떻게 됐나?"

"텐쵸오 말인가? 벌써 튄 것 같아."

콧수염은 담배에 불을 붙이며 시큰둥하게 대답했다.

"그걸 어떻게 알지?"

강 형사가 의아한 얼굴로 묻자 콧수염은 담배연기를 내뿜는 입술을 뾰족하게 만들어서 호텔 모퉁이를 가리켰다.

"호텔 뒤쪽 주차장으로 가보게."

강 형사와 다카하시는 호텔 뒤 주차장에 벌어져 있는 광경을 보고 적잖이 놀랐다.

몇 대의 고급 승용차 지붕과 주변에 조각난 유리 파편이 어지럽게 흩어져 있으며, 그중에 승용차 몇 대는 지붕이 찌그러진 상태였다.

위를 올려다보니까 9층 어느 객실의 대형 창 가운데가 뻥 뚫린 채 깨져 있고 그 안쪽에서 형사들과 경찰들이 오락가락하고 있었다.

한눈에도 뭔가 육중한 물체가 창을 깨고 아래로 추락했다는 사실을 짐작할 수 있다.

하지만 아래쪽 주차장의 승용차 중에서 지붕이 심하게 주저앉은 차는 한 대도 없다. 그저 유리 파편에 지붕이 약간 찌그러진 정도다.

호텔의 창은 특수 강화유리다. 그것을 깰 정도라면 물체가 꽤 크고 육중하다는 뜻인데, 그렇다면 아래쪽에 있는 승용차 지붕이 완전히 주저앉아야 얘기가 맞는다.

"텐쿄오입니다."

다카하시가 강 형사 뒤에서 나직이 속삭였다.

강 형사는 밑도 끝도 없이 그게 무슨 말이냐는 듯 그를 돌아보았다.

"텐쿄오라뇨?"

다카하시는 누가 볼까 봐 동작은 취하지 않고 9층의 창이 깨진 객실을 쳐다보며 조금 더 나직하게 속삭였다.

"텐쿄오가 저기에서 뛰어내린 후에 사라졌을 겁니다."

강 형사가 말도 안 된다는 표정을 짓자 다카하시는 조용히 말을 이었다.

"텐쿄오에겐 그런 능력이 있습니다."

"그런 능력이라니… 설마 텐쿄오에게 날개가 달렸다는 말입니까, 아니면 원더우먼처럼 하늘을 날기라도 합니까?"

강 형사는 다분히 따지듯이 다카하시를 몰아붙였다. 그러면서 자연히 목소리가 커졌다.

다카하시는 주위를 살피더니 입을 다물었다. 강 형사는 그가 텐쵸오에 대해서 뭔가 많은 것을 알고 있으며 그것을 이 자리에서 말하는 것을 꺼린다는 사실을 직감했다.

대신 다카하시는 창이 깨진 9층 객실과 아래쪽 주차장의 승용차들을 날카롭게 살피기만 했다.

강 형사는 주위를 둘러보다가 주차장의 경찰들을 지휘하고 있는 정장 차림의 30대 중반의 남자를 발견하고 곧장 그에게 다가가서 경례를 붙였다.

"서장님."

"음, 왔나?"

그는 강남경찰서 서장 유도한이다. 한때 경찰대학의 우상이었으며 졸업 후에는 전설이 된 인물이다.

2008년에 경찰대학을 졸업하면서 그때까지의 모든 기록을 갈아치웠으며, 5년이라는 짧은 시일 만에 경찰서장으로 승진하여 모든 경찰학도들의 롤 모델이 된 사내다.

또한 그는 강현욱과 고방아가 가장 존경하고 또 믿고 따르는 선배이기도 하다.

고방아가 서울지방경찰청에서 사고를 치고 좌천될 위기에

처했을 때 손을 써서 그녀를 강남경찰서 교통과로 배속되도록 해준 사람이 바로 유도한이다.

고방아가 교통과에서 조용히 수양하고 있으면 몇 달 후에 수사과나 형사과로 전속시켜 주기로 유도한과 강 형사는 이미 말을 맞춰둔 상태였다.

며칠 전에 고방아가 청담사거리에서 일어난 교통사고를 처리하는 과정에서 공포탄을 발사한 사건을 교통지도계장이 유야무야 덮어준 것도 알고 보면 유도한의 입김이 뒤에서 작용한 덕분이다.

유도한은 다카하시와 겐스케가 정중하게 고개를 숙여 인사를 하는 것을 보고 그저 가볍게 고개만 끄덕일 뿐 다른 것은 묻지 않았다.

서장인 유도한이 이곳에 직접 출동해서 진두지휘하고 있는 것으로 봐서 고방아가 그에게 전화를 한 것 같다.

강 형사는 고방아에게 강남경찰서에 전화해서 경찰 병력을 동원시키라고만 요구했다. 그녀가 유도한에게 전화할 것이라고 짐작했기 때문이다.

만약 고방아가 다른 부서나 중간급 간부 등에게 전화를 했더라면 이렇게 신속하게 강남경찰서 경찰들이 출동하지 않았을 테고 또 유도한이 직접 나오지도 않았을 것이다.

유도한은 9층의 깨진 창을 올려다보면서 턱을 쓰다듬으며 중얼거렸다.

"내 생각은 이렇다."

그는 엘루자호텔에서 벌어진 상황을 나름대로 정리 분석한 것을 설명했다.

"제일 먼저 고방아가 텐쵸오를 체포하기 위해서 객실로 쳐들어갔다."

유도한은 고방아가 호텔 프런트 맨에게 권총을 빼 들고 겨누며 미조라 아카도리가 투숙한 객실을 알아낸 직후 엘리베이터를 타고 올라갔다는 보고를 받았다.

"체포 과정에서 텐쵸오는 순순히 응하지 않고 저항을 했으며, 위험을 느낀 고방아가 권총을 발포했다."

유도한은 손을 뻗어 9층과 주차장의 승용차들을 번갈아 가리켰다.

"직후 텐쵸오가 창을 깨고 주차장으로 뛰어내렸다. 그런데 승용차들은 말짱하다. 사람이 떨어진 흔적이 전혀 없어."

그는 두 손을 양쪽으로 벌리고 손목을 까딱거리며 날갯짓 흉내를 냈다.

"그렇다면 텐쵸오는 창을 깨고 날아갔다는 뜻이다. 그러니까 텐쵸오는 사람이 아닐지도 모른다는 거지."

유도한은 말을 멈추고 다카하시를 쳐다보았다.

"강현욱 네 일행이냐?"

유도한은 친한 사람에겐 지위보다는 이름을 부른다.

강 형사는 몸을 반쯤 틀고 다카하시를 소개했다.

"일본에서 오신 다카하시 경부입니다."

유도한은 고개를 끄덕였다.

"유도한이오."

"다카하시입니다. 이쪽은 제 부하 겐스케입니다."

유도한은 거두절미하고 단도직입적으로 말했다.

"내가 보기에 다카하시 씨는 텐쵸오 전문가인 것 같은데, 우리가 모르고 있는 내용을 말해줄 수 있소?"

다카하시는 고개를 끄덕였다.

"알겠습니다. 말씀드리죠."

그런데 그때 호텔 입구 쪽에서 아까 강 형사와 대화를 나누었던 콧수염 형사가 이쪽으로 급하게 뛰어오면서 외쳤다.

"서장님! 목격자를 찾아냈습니다!"

『러너』 제2권에 계속…

2011년 대미를 장식할
준.비.된. 작가 정민교의 신무협이 온다!
『낭인무사(浪人武士)』

"죄수 번호 사천이백삼, 담운!"
"……!"
"출옥이다."

만두 하나.
고작 그 하나에 이십 년 옥살이를 한 소년, 담운.
그 답답하고 억울한 마음을 풀어낸다!

무림맹! 구대문파! 명문세가!
겉만 번지르르한 놈들은 다 사라져라!
겉과 속이 다른 너희들을 심판하러 내가 왔다!

1월 0일

진호철 장편 소설

살아진다고 사는 것이 아니다.
스스로 살아야만 진정한 삶이다!

우주의 법칙마저 뛰어넘은 미증유의 힘, 반물질과의 만남.

**1월 0일, 운명이 격변하는 날!
오늘은 새로운 삶의 시작이다!**

Book Publishing CHUNGEORAM

유행이 아닌 자유추구 -
WWW. chungeoram.com